제주도 못 가 본 여자,

삶과 시를 주고 받다

제주도 못 가 본 여자, 삶과 시를 주고 받다

들꽃처럼 피어난 따뜻한 위로

초 판 1쇄 2024년 04월 25일

지은이 신계숙
펴낸이 류종렬

펴낸곳 미다스북스
본부장 임종익
편집장 이다경
책임진행 김가영, 윤가희, 이예나, 안채원, 김요섭, 임인영, 임윤정

등록 2001년 3월 21일 제2001-000040호
주소 서울시 마포구 양화로 133 서교타워 711호
전화 02) 322-7802~3
팩스 02) 6007-1845
블로그 http://blog.naver.com/midasbooks
전자주소 midasbooks@hanmail.net
페이스북 https://www.facebook.com/midasbooks425
인스타그램 https://www.instagram/midasbooks

© 신계숙, 미다스북스 2024, *Printed in Korea.*

ISBN 979-11-6910-610-8 03810

값 18,500원

미다스북스는 다음세대에게 필요한 지혜와 교양을 생각합니다.

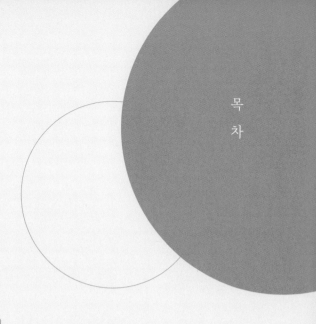

목
차

怒(로)

아프니까 봄이다

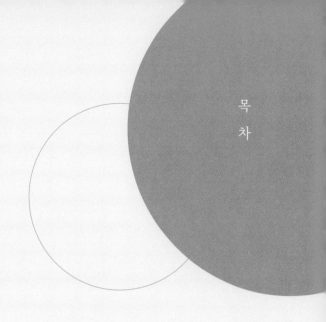

목

차

樂(락)

꽃잎 진 자리에 또 꽃이 핀다

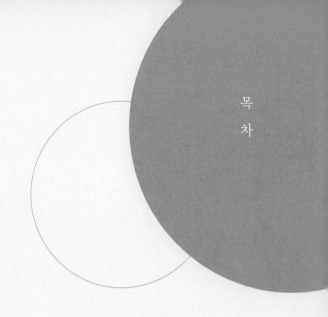

상처 많은 꽃이 더 따뜻하다

나는 제주도를 못 가 본 여자이다. 그 흔히 가는 제주도도 못 가 볼 만큼 삶을 치열하게 살아낸 여자이기도 하다. 처음에는 제주도를 못 가 본 여자여서 불행하다고 생각했는데 글을 쓰면서 알게 되었다. 돌아보니 내가 살아온 시간도 그렇게 나쁘지만은 않았다는 것을 깨닫게 되었다. 삶은 어떻게 바라보느냐에 따라 불행도 되고 행복도 된다. 누구나 세상을 열심히 살아냈을 때 자신만의 꽃을 피운다. 꽃은 절정일 때 핀다. 아프면서 핀다. 상처 많은 꽃이 더 따뜻하다. 또 깃대 끝에서 흔들려 봐야 키 작은 민들레의 세상이 보인다. 바람에 흔들려 본 꽃이 세상을 잘 살아낸다.

내 남편은 아무것도 없지만, 폼 나게 살고 싶은 보통 남자였다. 세상을, 사람을 너무 몰라서 사람에게 상처받고 힘들게 살다 이 세상을 떠난 사람이다. 이 책에 담긴 글들은 남편이 세상을 떠나고 1년 동안 정신없이 블로그에 쓴 글들이다. 글을 쓰지 않으면 안 되는 것처럼 내 삶을 돌아보며 글을 썼다.

이 글들은 마음이 병들어 몸이 무너진 아픈 남편과 몇십 년을 함께 살아내면서 안으로 참고 살아온 삶의 이야기다. 모진 세월 참고 살아왔던 내 이야기를 쓰다 보니 어느 순간 힘들었던 날들이 시가 되어 있었다. 안개 낀 것처럼 답답했던 뿌연 세상이 안개가 사라지면서 맑은 세상으로 보이게 되었다. 마음에 쌓여 있던 사랑과 미움과 그리움들이 민들레 홀씨처럼 넓은 세상을 향해 모두 날아갔다. 마음의 짐을 다 내려놓으니 너무나 가벼워진 나를 만날 수 있었다. 마음의 빈 곳으로 나도 모르게 행복이 살포시 들어와 있음을 알게 되었다. 세상을 보는 눈이 한결 맑아져 있었다. 글을 쓰면서 나를 찾게 되었고 힘들었던 시간을 치유할 수 있었다. 화려하진 않지만, 들꽃처럼 수수한 글을 한 다발의 책으로 묶으면서 제 주도를 못 가 봐도 불행하지 않다는 생각이 들었다.

인생의 길을 다 알고 가는 사람은 없다. 언덕 너머 무엇이 있는지 모르기 때문에 그냥 갈 수 있다. 만약 내가 걸어갈 내 인생길을 미리 알았더라면 일찌감치 포기했을지도 모른다. 길을 모르기 때문에 고난의 가시밭길을 걸어도 또 다가오는 길에 희망이 있을 거라는 믿음으로 걸어갈 수 있었다. 걸어가는 길에 위로가 되는 사람들이 있어서 힘이 되었다. 세상은 혼자 살 수 없다. 어깨를 맞대고 걸어갈 때 서로에게 힘이 된다. 그 힘이 되는 사람은 잘난 사람도 돈이 많은 사람도 아니다. 그냥 우리 곁에 있는 평범한 사람이다. 꽃보다 사람이 아름답다고 하지 않는가. 사람으로 인해 상처도 받지만, 사람으로 인해 치유도 받는다. 나는 그런 세상에서 살았다.

이 글들은 내 글이지만, 살아가면서 위로가 필요한 우리 모두의 이야기라 생각한다. 나의 이야기는 별날 것도 잘날 것도 없는 보통 사람의 이야기다. 그냥 열심히 살아온 한 여자의 이야기다. 이 글을 처음 쓸 때는 불행하다고 생각하고 썼지만, 이제는 웃으면서 글을 읽을 수 있다. 이 글을 쓰면서 내가 치유되었듯이 마음이 아픈 사람들이 조금이나마 글을 읽으면서 따뜻해졌으면 좋겠다. 위로가 필요한 사람들에게 들꽃 향기 가득한 글 한 다발을 선물로 드린다.

상처받은 꽃이 더 따뜻하다

나만 상처 많은 꽃인 줄 알았다
나만 외로워서 흔들리는 줄 알았다
그러다 알게 되었다

저 언덕에 들꽃도
혼자서는 외로워 함께 흔들린다는 것을
바람에 흔들리며 서로 위로한다는 것을

꽃은 바람에 꺾여도
다시 그 바람으로 일어난다
바람을 탓하지 않는다
바람 불 때 꽃잎이
핀다는 걸 알고 있기에

상처 입은 꽃들이 바람에
흔들릴 때 그 향기는
천리를 간다
세상에서 가장 아름다운
꽃다발이 된다

오늘, 세상에서 제일 따뜻한
꽃다발을 당신에게 건넨다
당신도 아프냐고 물으며

제주도 못 가 본 여자, 삶과 시를 주고 받다

喜
희

진달래 먹고 물장구 치고

잊을 수 없는 유산

나의 아버지는 강원도 산골 조그마한 학교의 교장이셨다. 언제나 교직을 천직으로 알고 강직하게 살던 분이다. 우리는 학교 근처에 있는 관사에서 할머니, 아버지, 어머니, 아이들 팔 남매 모두 열한 식구가 살았다. 나는 팔 남매 중 여섯째이다.

나는 유년 시절을 아름다운 곳에서 살았다. 봄이면 진달래가 앞산 가득 피고, 여름이면 까만 밤하늘에 쏟아질 듯 별들이 총총히 빛났다. 가을이면 앞산 뒷산에서 알밤 떨어지는 소리가 툭툭 들렸다. 겨울이면 쉼 없이 내리는 눈에 푹 파묻혀 언제 올지 모르는 아련한 봄을 꿈꾸는 그런 곳에서 살았다.

내가 아버지의 초등학교에 코 수건을 가슴에 달고 어깨를 거들먹거리며 입학했을 때쯤 아버지는 시름시름 아프기 시작했다. 잦은 기침 소리에 숨이 가빴고 얼굴도 창백해져 갔다. 조금은 걱정이 되었지만, 아버지는 여전히 교장 선생님이었기에 별로 신경 쓰지 않았다. 언니 동생들과 넓은 학교 운동장을 마당 삼아 화단 가득히 피어 있는 꽃들을 반찬으로 소꿉놀이에 바빴다.

아버지의 기침 소리가 점점 커지고 언제부터인가 아버지는 서울 대학병원에 가끔 입원하곤 했다. 코끼리가 한가롭게 내려다보이던 창경원은 왜 그리 가 보고 싶었던지 병원 창가에서 까치발을 딛고 보던 그 풍경을 나는 지금도 잊을 수가 없다.

내가 중학교 1학년이던 늦은 가을, 은행잎이 마구 떨어져 서울대학 병원 영안실 안마당이 온통 황금빛이 되었을 때, 나의 아버지는 파란 꽃신을 신고 하늘나라로 떠났다. 올망졸망한 자식은 많은데 아버지의 병원비로 남은 돈이라고는 아무것도 없는 우리 집은 그야말로 초상집이었다. 어머니는 많은 자식에 사는 것이 너무 힘들어서 죽으려고 옛날 광진교 다리를 몇 번이나 갔다고 했다. 그때마다 우리가 눈에 밟혀서 죽지 못하고 다시 돌아왔다고 어머니는 훗날 말했다. 언제인가 어머니는 우리를 불러 모으고 이런 말을 꺼냈다.

"그래도 아버지가 교육자셨는데 내가 무슨 짓을 해서라도 너희를 고등학교까지는 보내주마. 그렇지만 대학은 엄마가 보낼 수가 없다."

정말 모질게 가난했다. 추운 겨울 얇은 교복 하나로 동상에 걸려 발이 퉁퉁 부어오르고 힘들었지만, 학교에 다니지 않으면 죽는 줄만 알고 열심히 공부했다.

우리 막내!

생각하면 가슴이 저려온다. 정말 못 얻어먹어서 그런가 깡마르고 작고 언제나 볼품이 없었다. 막내가 여덟 살 때 아버지가 돌아가셨으니 제일 불쌍했다. 동생은 대학을 무척 가고 싶어 했다. 하지만 막냇동생이 대학을 간다고 할 때 우리 집은 아주 기울어서 대학 원서 살 돈이 없을 정도였다. 동생은 고민도 하고, 방황도 하고, 돌아가신 아버지를 많이도 원망했던 것 같다. 그러더니 막냇동생은 수녀가 된다며 수녀원으로 들어가 버렸다.

수련수녀 시절, 동생은 말기 암 환자들을 밤새워 간호하며 눈물을 흘렸다. 양로원 가족 없는 할머니들의 수발을 들으며 고생만 하다 돌아가신 친할머니가 떠올라 가슴 아파했다. 수녀원 바닥을 닦고 닦으며 자기 자신을 닦고 또 닦았다고 했다. 그 어렵고 고단한 수련 기간을 꿋꿋하게 이겨내고 수녀가 되던 날, 나는 내 동생이지만 천사처럼 아름다운 한 수녀님을 발견할 수 있었다. 막냇동생이 수녀님이 된 후 동생에게서 한 통의 편지를 받았다. 그 편지에는 이렇게 적혀 있었다.

"언니, 나는 아버지가 물질적으로 너무 아무것도 남기지 않고 가셔서, 너무 가난이 싫어서 아버지를 원망한 적이 많았어. 그런데 오늘 깨달았어. 아버지가 살아오면서 나에게 얼마나 많은 것을 남겨주셨는지. 언제나 바르고 정직하고 최선을 다할 수 있는 정신력을 주셨다는 것이 너무 감사해.”

편지를 다 읽고 나는 속으로 이렇게 중얼거렸다.

'나도 그렇게 생각하고 있었단다. 살다 보니 예전에 아버지가 살아가시던 그 모습을 열심히 닮아가며 사는 내 모습을 발견했으니까. 그래! 너는 역시 내 동생이야.'라고.

크는 돌

나는 화천에서도 한참을 더 들어가야 하는 논미리에서 태어났다. 기억은 잘 나지 않지만, 아마도 이곳에서 살 때가 네다섯 살쯤 되었던 것 같다. 우리 집은 학교 안에 있는 관사였다. 또렷이 기억이 나는 장면은 집 앞에는 초등학교가 있었고, 학교 앞쪽으로는 넓은 운동장이 있었다. 또 집 뒤로는 높지 않은 야트막한 산이 있었다는 것이다.

언제인가 그 산에 반짝반짝 빛나는 크는 돌이 있다고 언니들이 비밀스럽게 이야기하는 소리를 들었다. 언니들은 신기하게 보랏빛 돌에 물을 주면 돌이 큰다고 비밀스럽게 이야기했다. 우리 자매들은 눈앞에서 물을 먹고 자라는 그 돌을 키워 보고 싶었다.

하늘에 회색 구름이 가득한 어느 날, 우리 자매들은 크는 돌을 찾기 위해 그 산에 오르기로 작당했다. 엄마가 알면 혼낼 것이 분명하니까 쉬쉬하며 계획을 비밀리에 진행했다. 발소리를 죽이며 가파른 산등성이를 엉

금엉금 기어서 올라갔다. 산 위쪽에 반짝반짝 크는 돌이 있다고 했다. 우리 자매들 머릿속에는 온통 크는 돌 생각밖에는 없었다. 산은 잔돌이 많아서 올라가기가 만만치 않았다. 앞서가는 언니가 밟은 돌들이 음산한 소리를 내며 밑으로 굴러 내려왔다. 설상가상으로 하늘은 점점 어두워지기 시작하더니 빗방울이 한두 방울씩 떨어지기 시작했다. 고지가 눈앞인데 여기서 되돌아갈 수는 없었다. 누구 하나 돌아가자는 말을 하지 않았다. 있는 힘을 다해 산을 오르고 또 올랐다.

검은 돌들이 모여 있는 산 위에 올랐을 때는 비바람이 불기 시작했다. 하지만 산 정상 어디에도 반짝이며 크는 돌은 보이지 않았다. 마치 죽은 것 같은 검은 돌들만 여기저기 시체처럼 뒹굴고 있었다. 언니가 실망해서 돌들을 발로 툭툭 찼다. 나도 언니를 따라서 검은 돌들을 툭툭 찼다. 발에 차인 돌들은 우르르 산 아래도 굴러 내려가면서 기분 나쁜 소리를 냈다.

순간, 우리는 누가 먼저랄 것도 없이 산을 빠른 속도로 미끄러지며 내려가기 시작했다. 이 산에 어린아이의 간을 빼 먹는 문둥이가 산다는 말이 생각났기 때문이다. 검은 돌들은 비를 맞아 매우 미끄럽고 조금만 디디면 무너져 내렸다. 급기야 나는 울먹이며 앞서가는 언니를 불렀다. 언니는 뒤도 돌아보지 않고 빨리 오라고만 손짓했다. 산을 어떻게 내려왔는지 생각도 나지 않는다. 집에 와서 보니 손이며 발이 다 까져서 피가 나고 있었다.

그 시간 이후 우리는 다시는 그 검은 산에 올라가지 않았다. 그리고 살며시 올려다본 검은 산은 해가 나는 날에도 을씨년스러워 보였다. 나중에서야 알았다. 우리가 물을 주면 큰다던 그 돌은 자수정이었다. 그 산 위는 자수정이 나던 광산이 있던 곳이었고, 이미 자수정을 캐가느라 돌들을 다 깨 놔서 검은 돌들이 지천으로 깔려 있었던 것이다.

몇십 년의 세월이 지나 다시 가 본 논미리 우리 집은 집터만 휑하니 남아 있었다. 학교는 아이들이 10명도 되지 않는 아담한 작은 학교로 다시 지어져 있었다. 푸르른 나무들과 운동장 가에 이끼 낀 축대는 옛날 돌 그대로 세월을 이야기하고 있었다. 올려다보이던 검은 산은 초록의 나뭇잎에 가려져 보이지 않았다. 아이들만 연보라 꽃 등나무 아래 재잘재잘 한가한 오후를 보내고 있었다. 내 유년의 아름다운 추억이 아이들 속에서 또 한 번 빛나고 있었다.

시네마천국

나는 요즘 영화보다 옛날 영화를 좋아한다. 영화에 대한 편식이 심한 편이다. 내가 좋아하는 영화는 천사 같은 아이들의 맑은 마음이 감동적인 〈천국의 아이들〉, 난독증 장애를 지닌 천재 화가 아이의 이야기를 감동적으로 담아낸 〈지상의 별처럼〉, 순수한 청소년들이 아픔을 겪으면서 크는 성장을 다룬 영화 〈죽은 시인의 사회〉와 같은 영화를 좋아한다. 또 007 제임스 본드 시리즈도 좋아한다. 〈닥터 지바고〉는 가슴 설레며 몇 번을 보았는지 모른다. 시베리아 벌판에 쌓인 눈과 닥터 지바고와 아내 토냐, 그리고 연인 라라, 핏빛 혁명, 이념, 전쟁. 특히 눈에 뒤덮인 동화 속 궁전 같던 집의 풍경. 그곳에서 마지막으로 연인을 보기 위해 유리창을 깨고 보던 지바고의 눈빛, 이런저런 장면들이 머릿속에 아름답게 남아 있다.

얼마 전에는 TV에서 오래된 명작 〈시네마 천국〉을 다시 보여준다고 해서 하던 일 다 제쳐 놓고 TV 앞에 앉았다. 영화가 좋아서 시골 극장에서 영사기를 돌리며 자신의 꿈을 키워가는 어린아이가 있었다. 영화는 아이가 어떻게 자신의 꿈을 이루어 나가는지 잔잔하게 보여준다. 엔니오 모리코네의 감미로운 음악으로 더 유명해진 영화다. 볼 곳 없고, 갈 곳 없던 시절, 시골 극장에서 벌어지는 영화 속 사건들은 내 유년 시절 기억 속의 장면을 다시 떠오르게 하는 데 부족함이 없었다. 너무 어려서 조각조각 흩어졌던 유년의 기억들이 퍼즐처럼 맞춰지면서, 무성영화의 장면처럼 다시 살아나게 했으니까.

강원도 논미에 살 때이다. 아마 내가 다섯 살 정도 되었을 것 같다. 논미는 화천에서도 더 들어가야 하는 산골이라 극장은커녕 그 시절에는 TV도 없었다. 가끔 가까이 있는 군부대에 군인들을 위로하는 가수들이 오는 잔치가 열린 곤했다. 그때 군부대에서 동네 사람들도 초대했던 것 같다. 온 동네 사람들이 다 같이 들떠서 쇼를 보러 갔던 기억이 난다. 화려한 옷을 입은 가수가 나와서 노래하고 시끄러운 트럼펫과 악기들이 귀를 아프게 했다. 너무 어려서 그것이 뭐가 좋은지 모르고 그냥 시끄럽고 번잡스럽던 기억만 난다.

어떤 때는 군부대 마당에 큰 스크린을 세우고 영화가 상영되었는데 모두 황홀한 얼굴로 흑백 영화를 보았던 기억도 난다. 다음 기억은 아버지가 용암리 초등학교로 전근 갔을 때 학교 마당이 극장이 된 적이 꽤 여러 번 있었다. 그날은 마을 축제의 날이었다. 학교 운동장에 하얀 스크린을 세우고 모두 의자에 앉아 영화를 보았다. 아마 의자는 학생들이 교실에 앉던 의자였던 것 같다. 영화 제목은 생각이 나지 않고 남녀가 울고불고 하던 기억만 난다. 지금 생각해 보면 아마도 〈미워도 다시 한번〉 영화 정도 되지 않았을까 생각된다.

부천은 영화의 고장이다. 영화 축제가 일 년에 한 번씩 열리는 곳이다. 지난 5월, 부천을 상징하는 짧은 시 공모전이 있었다. 나는 어릴 적 영화의 기억이 있어서 그랬는지 영화에 관한 시를 공모했다. 그리고는 한참을 잊고 있다가 공모한 시가 당선되었다는 문자를 받았다. 상금도 받고 상장도 보내왔다. 그림도 넣어 부천 여러 장소에 게시할 거라고 했다. 영화에 관한 또 하나의 추억을 간직하게 되었다. 그래서 오늘도 나의 기분은 행복이다. 부천에 사는 게 뿌듯해졌다. 공모한 짧은 시다.

「골목마다 삶의 이야기가 꽃피고
거리마다 주인공이 되는
시네마 천국 부천
여기서 나는 내 삶의 주인공」

밥상머리에서 배웠다

아침에 출근하면서 공원을 지나는데 오늘따라 참새들이 풀밭에서 아침 식사가 한창이다. 모두 이제 막 깎아서 속이 훤히 들여다보이는 잔디밭에서 자기네끼리 조잘조잘한다. 아마도 풀을 깎아 씨앗이 잘 보여서 아침 식사하려고 모인 것 같았다. 참새는 열대여섯 마리쯤 되어 보였다. 너무 신기해서 다가가니 그중 한 마리가 날아오르자 모두 따라 날아간다. 참새들이 밥상머리 교육을 받는 것 같다는 생각이 들었다.

문득 옛날 아버지의 밥상머리 교육이 생각났다. 아버지는 강원도 산골 자그마한 초등학교의 교장이셨다. 우리는 할머니, 어머니, 아버지, 아이들 8명 모두 11식구였다. 하루 세 끼 11식구가 밥 먹는 것은 전쟁 같은 일이었다. 먹을 것이 별로 없었던 때라 밥은 유일한 제대로 먹는 먹거리였으니까. 아버지는 힘든 어머니를 도우라고 밥 차리는 일이며 설거지는 우리에게 돌아가면서 하게 했다. 우리가 좀 게으름을 부리는 날이면 아버지의 불호령이 떨어졌다.

내 어렸을 적 기억에 어머니는 일찍 아궁이에 불을 때고 무쇠솥에 밥이 뜸 드는 동안 방에서 곱게 화장하고 있었다. 그래서 내 기억 속에 어머니는 언제나 화장한 예쁜 얼굴과 사시사철 하얀 양말을 신고 있는 모습이다. 어머니는 남편에게 민얼굴과 맨발을 보이지 않는 것이 예의라고 가르쳤다. 그래서 그런가? 나는 아무리 더워도 외출할 때면 꼭 스타킹을 신는다. 교육은 가르치는 것이 아니라 보여주는 거라고 누군가 말했다. 그 말이 맞는 것 같다.

밥은 아버지, 어머니, 할머니 어른들은 같은 상에서 드시고 우리는 둥근 상에 모두 모여 함께 먹었다. 어른들이 수저를 들면 그다음에 우리도 수저를 들고 밥을 먹었다. 밥을 먹을 때는 쩝쩝 소리를 내지 않고, 반찬은 뒤적이지 않으며, 침 튀지 않게 말하지 않는다. 이건 말 안 해도 알아서 해야 하는 우리 집 식사 규칙이었다. 밥을 먹기 시작하며 그때 아버지의 밥상머리 교육이 시작되었다. 한번은 아버지께서 이렇게 말했다.

"신발은 댓돌 위에 나란히 벗어 놓거라. 신발이 마당까지 내려와 어지럽다."

아버지의 말씀은 짧고 간결했다. 우리는 지키면 되는 것이다. 며칠은 댓돌에 신발들이 나란히 놓여 있었다.

그러던 어느 날 아버지가 퇴근하시며 들어오는 마당에 신발들이 여기저기 어지러웠다. 그날따라 누렁이가 신발 장난을 했는지 신발들이 모두 마당에 굴러다녔다. 아버지는 아무 말씀도 하지 않으시고 우리 신발을 모두 울타리 너머로 다 집어던졌다. 앞마당 너머는 콩들이 한창 푸른 잎을 키우고 있는 넓은 콩밭이었다. 우리는 모두 허겁지겁 밖으로 나가 콩밭에 숨은 신발을 찾느라고 애를 먹었다. 푸른 콩밭 속에서 신발을 찾는 일은 쉬운 일이 아니었다. 우리를 조롱하듯 콩잎들은 신발을 감추고는 도통 내놓지를 않았다. 아버지는 그런 분이셨다. 그렇게 우리는 밥을 먹으며 아버지의 밥상머리 교육으로 자랐다.

보일러가 없던 시절 더운물이 귀했다. 아버지는 아침이면 더운물을 놋세숫대야에 한가득 떠왔다. 그리곤 돌아가면서 우리들의 얼굴을 씻겨 주었다. 또 참빗으로 단발머리를 곱게 빗겨 주셨다. 아버지는 아침마다 딸의 머리만 빗긴 것은 아니다. 마음도 함께 빗질한 것이다. 아버지의 따뜻했던 손길이 지금도 느껴진다. 아버지가 머리를 곱게 빗질하는 시간은 말은 없어도 아버지와 유일하게 소통하는 시간이기도 했다. 그렇게 아버지는 자상하심과 엄하심을 함께 가진 분이셨다. 오래 살지 못하고 돌아가셔서 내 머릿속에 계신 아버지는 언제나 젊으시다. 아마도 영원히 늙지 않고 그 모습 그대로일 것이다. 오늘 아침 그 옛날이, 아버지의 밥상머리 교육이 더욱 그리워진다.

내 친구 영숙이

내 친구 영숙이는 양지말 살았다. 내가 살던 마을에서 위쪽으로 언덕을 따라 올라가면 큰 저수지가 있었다. 그 저수지 가로 집들이 삼삼오오 모여 있었는데 그 마을이 양짓말이다. 마을은 높은 곳에 있어서 항상 따사로운 햇살이 비쳤다. 그래서 이름도 '양지말'이라고 했다.

내 친구 영숙이는 단발머리에 예쁘장한 얼굴, 못 하는 것이 없었다. 작은 산골에 교장선생 딸인 나를 위협하는 유일한 친구였다. 공부도 잘하고 나무도 잘 탔다. 특히 들에 나가면 모르는 나물과 풀이 없을 정도로 해박해서 나를 주눅 들게 했다. 영숙이는 이건 토끼풀, 이 보라색 꽃은 엉겅퀴꽃, 이건 싸리꽃, 이건 민들레, 이건 씀바귀 등등, 들을 따라 단발머리 나풀거리며 풀이름을 줄줄 말하곤 했다. 내가 풀이름을 전혀 모르는 숙맥이라는 것을 안 영숙이는 더 신나서 우쭐거렸다. 아버지를 따라 이사 온 나로서는 도저히 따라갈 수 없는 벽이었다. 그나마 다행인 것은 그때 영숙이를 따라다니며 어깨너머로 배운 덕에 어른이 된 지금은 웬만

한 풀이름은 다 알고 있다.

한 번은 양지말 영숙이네 집에 놀러 갔었다. 영숙이네 집은 야트막한 산자락에 있었는데 밤나무가 집 뒤로 많이 있었다. 집 뒤 큰 밤나무에 매어 놓은 그네를 영숙이는 아주 능숙하게 잘 탔다. 영숙이는 까만 단발머리를 하늘 높이 나풀거리며 신나게 그네를 타며 나보고 타보라고 했다. 그네는 울퉁불퉁한 밤나무 가지에 낡은 끈으로 매어져 있었다. '혹시 타다 끈이 끊어지지는 않을까?' 하고 염려가 될 정도였다. 그래도 영숙이가 신나게 탔는데 나도 뒤처지면 안 될 것 같아 무서움을 참고 그네에 올랐다. 그네를 맨 곳이 언덕배기라 몇 번 구르니 하늘 높이 올라갔다. 한순간 내려다보이는 땅이 푹 꺼져 보이며 현기증이 확 났다. 몇 번을 "어! 어!" 하며 왔다 갔다 하다 너무 어지러워 줄을 놓치고 말았다. 순간 몸이 허공에 붕 뜨더니 그냥 아래로 굴러떨어지고 말았다. 떨어지면서 심하게 턱을 무언가에 부딪쳐 피도 나고 너무 아팠다. 그러나 아프고 뭐고, 너무 창피해서 얼른 일어났다. 떨어진 곳이 짚 더미 위였으니 망정이지 지금 생각해도 오금이 다 저린다. 턱을 다치고는 그다음부터 다시는 영숙이네 그네에 오르지 못했다. 영숙이네 집에 놀러 가는 것도 망설여졌다.

영숙이가 부러운 것이 또 한 가지 있었다. 영숙이는 방학만 되면 서울에 있는 친척 집에 간다면서 한동안 보이지 않았다. 방학이 다 끝날 때쯤 서울에서 내려온 영숙이에게는 낯선 서울 냄새가 났다. 영숙이는 알록달록한 원피스를 입고 왔다. 한여름 뙤약볕 아래서 보았던 영숙이 꽃무늬 원피스의 생경한 느낌은 지금도 머릿속에 생생하다. 영숙이는 꽃무늬 원피스를 입고, 마치 서울 계집애가 다 된 것처럼 굴었다. 또 영숙이는 나를 보라는 듯이 하늘색 샌들로 돌을 툭툭 차면서 몇 년 있으면 서울로 공부하러 갈 거라고 말했다. 교장 선생님 딸인 나를 무시하는 표정으로 말하곤 했다. 한 번도 서울에 가 보지 못한 나에게 영숙이의 말은 나를 기죽이기에 충분했다. 영숙이를 만나고 집으로 돌아오던 길에는 애꿎은 풀만 뜯어 흩뿌리며 왔다.

지금 생각하면 막강한 교장 딸인 내가 영숙이는 부러웠던 것 같다. 아버지는 초등학교 교장이었지만, 마을에 어른이셨다. 동네 사람들은 동네 대소사를 아버지께 와서 다 의논하였고, 아버지는 마을의 궂은일에 나서는 것을 마다하지 않았다. 영숙이는 그런 교장 딸인 내가 몹시 부러웠을 것이다. 그래서 서울 갔다 온 것으로나마 자랑하고 싶었던 것 같다.

나는 2학년이 되었을 때 강 건너 초등학교로 전학을 왔다. 화천초등학교에서는 화천 인근 초등학교 전체 체육대회가 열리곤 했다. 어느 해인가 체육대회에서 그 학교 육상선수로 빠르게 뛰는 영숙이를 본 것이 마지막이었다. 나는 영숙이가 자랑하던 그 서울에 부모님을 따라 이사를 왔고, 영숙이 기억은 잊고 살았다. 그 옛날, 마냥 순수했던 시절 그 친구는 지금 어디서 무엇을 하며 살고 있을까? 오늘따라 단발머리 그 친구가 눈물 나게 그리워진다.

키다리 교감 선생님

처음 강원도 산골 학교에 아버지께서 부임했을 때, 그 학교에는 키가 크고 이마에 주름이 갈매기처럼 멋지게 있는 교감 선생님이 있었다. 어린 나는 교감 선생님 이마에 난 굵은 갈매기 주름이 이상해서 자꾸 쳐다보았다. 교감 선생님은 우리 자매들을 무척 예뻐했다.

아버지가 부임하고 다음 해 끔찍한 일이 일어났다. 내가 살던 강원도에는 눈이 많이 왔다. 겨울이면 정말 지겹게 춥고 눈이 많이 왔다. 그 해도 눈이 많은 해였는데 아마도 2월 정도 되지 않았나 생각된다. 눈이 부슬부슬 오는 저녁에 교감 선생님이 우리 집에 찾아왔다. 아마도 교육청에 출장을 갔다가 교장인 아버지께 무엇인가 보고하러 들린 것 같았다. 얼핏 들으니까, 졸업생 선물이 어쩌고 금반지가 어쩌고 뭐 그런 이야기가 오가는 것 같았다. 한참 이야기를 주고받더니 눈발이 매우 거세졌는데 교감 선생님은 집에 가야겠다며 밖으로 나왔다. 교감 선생님 집은 나중에 알았지만, 구불구불한 산을 한 시간 정도 강을 끼고 걸어가야 하는 먼 곳에 있었다. 교감 선생님은 눈이 많이 오기 때문에 집에서 자고 가라고 말리는 아버지와 엄마의 말을 뿌리치고 가겠다고 길을 나섰다. 아버지는 할 수 없이 큰 오빠가 월남에서 가져온 검은색 손전등을 교감 선생님 손에 쥐어 주셨다.

　밤새 눈이 내렸다. 아침에는 온 천지가 어디가 어디인지 모를 정도로 하얀 세상이 되어 있었다. 눈이 그치고 날이 밝자 작은 동네는 발칵 뒤집혔다. 우리도 만져 보지 못한 우리 집 손전등을 가지고 가신 교감 선생님이 집에 들어오지 않았다는 것이다. 교감 선생님이 실종된 것이다. 온천지는 눈으로 뒤덮였는데 교감 선생님은 어디로 사라졌단 말인가? 마을에는 벌써 호랑이가 잡아갔다는 둥, 집에 가다 미끄러져서 강에 빠졌다는 둥, 각가지 흉흉한 소문이 돌았다. 그때 나는 대여섯 살이었는데 철이 없이 우리 집 손전등이 너무 아까웠다. 오빠가 만져 보지도 못하게 하던 월남에서 가져온 귀한 손전등이었다.

　그 후, 교감 선생님의 행방은 묘연한 채 겨울은 가고 앞산에 붉은 진달래가 지천인 봄이 왔다. 어린 우리는 교감 선생님은 까맣게 잊은 채 봄이 오는 들과 산을 종일 쏘다니며 놀고 있었다. 그러던 어느 화창한 봄날, 장에 갔던 동네 사람 편에 화천 읍내 가는 배 터에서 교감 선생님 시체를 찾았다는 기절할 소식이 날아들었다. 배 터 강가에 떠오른 교감 선생님 시체를 지금 건져 놓았다고 했다. 누가 말할 것도 없이 우리는 십 리가 넘는 배 터로 모두 내달렸다. 숨이 턱에 닿을 정도로 헉헉거리며 배 터에 당도했다. 배 터에는 덮어놓은 거적 밑으로 팅팅 불은 발이 밖으로 삐죽 나와 있었다. 그 발이 교감 선생님 발이라고 했다. 우리는 서로 말을 잃은 채 거적만 쳐다보았다. 정말 저 안에 키 큰 갈매기 주름을 가진 교감 선생님이 누워 있다는 말인가? 다리가 떨려서 가까이 갈 수가 없었다. 강가에 둘러선 어른들의 말이 그 눈 오는 밤 교감 선생님은 무슨 이유에서인지 집으로 가지 않았다고 했다. 강가에 있던 조각배를 손수 저어 읍내로 가려다 캄캄한 강에서 배가 뒤집혔다고 했다. 교감 선생님 바지 주머니에서는 졸업생에게 줄 금반지가 나왔다고 했다.

'우리를 그렇게 예뻐하던 교감 선생님이 죽다니. 아! 이런 일도 있구나!'라는 생각이 들어서 어린 나는 매우 혼란스러웠다.

며칠 뒤, 비명에 간 교감 선생님 혼을 달래기 위해 배 터에서 큰 굿이 벌어진다고 온 동네에 소문이 자자했다. 진혼굿이 벌어지는 날 우리는 누가 가자고 한 적도 없지만, 당연히 굿을 보기 위해 십 리 길을 한달음에 뛰어서 배 터로 갔다. 생전에 교감 선생님을 보러 온 것처럼 이미 사람들이 구름같이 모여 무당의 춤사위에 눈을 떼지 못하고 있었다. 울긋불긋한 깃발은 강바람에 펄럭이고 꽹과리 소리는 온 배 터를 옮겨 놓을 듯 떠들썩 울렸다. 원색의 화려한 옷을 입은 무당은 하늘 높은 줄 모르고 껑충껑충 뛰었다. 퍼런 작두를 탄다더니 정말 작두 위에서 신명 나게 뛰었다. 그러고는 교감 선생님 목소리를 내며 "왜, 나를 살려주지 않았느냐."라고 울먹이면서 사람들을 찾아다니며 원망했다. 나중에는 슬퍼하며 자꾸 물로 뛰어들려고 해서 여러 사람이 애를 쓰며 말렸다. 정말 그 교감 선생님의 혼이 무당 속에 들어간 것 같아서 너무 무서웠다. 요란한 굿을 뒤로하고 교감 선생님은 하늘로 잘 돌아갔는지 다시 배 터는 조용해졌다. 그리곤 진달래가 지천으로 핀 그 봄은 모두의 기억 속에서 차츰 지워져 갔다.

「삼 년 고개」 입 삐뚤이 아저씨!

　나의 고향은 강원도 산골이다. 유년 시절, 나는 이 아름다운 곳에서 생에 가장 빛나고 행복한 시절을 보냈다. 어른이 되고 나이를 먹으면서 가끔은 동화 속 같은 그곳이 그리워진다. 오늘 문득 아련한 옛 기억 속에 만났던 「삼 년 고개」 아저씨가 생각이 난다.

　앞산에는 진달래, 들에는 새싹들이 고개를 내밀고 따사로운 햇살이 온 마을을 감싸던 봄날이었다. 학교에서 집에 가는 하굣길에는 어김없이 삼화리 입 삐뚤이 아저씨가 학교 앞에 있었다. 아저씨 주위에는 가방을 둘러멘 아이들이 삼삼오오 모여 "입 삐뚤이 아저씨! 삼 년 고개 외워 봐! 어서요, 어서요!" 하며 아저씨를 졸라대고 있었다. 아저씨는 싫지 않은 표정으로 소리 없이 씩 웃으며 삼 년 고개를 열심히 열심히 외웠다.

　"옛날 어느 마을에 「삼 년 고개」라는 고개가 있었습니다. 어느 날 할아버지가 장에 갔다 돌아오는 길에 그만 「삼 년 고개」에서 넘어지면 말았습니다. 「삼 년 고개」에서 넘어지면 삼 년밖에 살지 못한다는 말이 전해 오고 있었습니다. '큰일 났네. 이제 삼 년밖에 살지 못하겠구나. 흑흑흑!' 할아버지는 눈물을 흘렸습니다.

-중략-

그 뒤로 할아버지는 장에 다녀올 때마다 넘어지면서 하는 말, "아이코! 벌써 스무 번도 더 넘어졌으니, 앞으로 몇십 년은 더 살겠네." 하며 웃었답니다. 그 후로 「삼 년 고개」에서 넘어지면 원래 살아야 하는 나이보다 삼 년을 더 사는 「삼 년 고개」가 되었답니다."

아저씨는 「삼 년 고개」를 외울 때면 팔과 다리를 같은 방향으로 움직이며 박자를 맞춰 열심히 외웠다. 정말 신기했다. 아저씨는 토씨 하나 틀리지 않고 「삼 년 고개」를 항상 다 외웠다. 국어책에 나와 있는 그 긴 「삼 년 고개」를 말이다. 아이들이 손과 발을 한 방향으로 획획! 저으며 아저씨를 놀리듯 따라 했지만, 그렇게 완벽하게 「삼 년 고개」를 외우는 아저씨를 따라 외우지는 못했다. 입이 삐뚤어지지 않은 우리 중에 아무도 입이 삐뚤어진 아저씨처럼 「삼 년 고개」를 외우는 아이는 없었으니까.

어른들의 말로는 서울에서 아주 좋은 대학교에 다니는 사람이었다고 했다. 어느 날 사고를 당해서 그렇게 되었다고 하는 사람도 있었고, 어려서 몹쓸 열병에 걸려서 그렇게 되었다고 하는 사람도 있었다. 우리는 아무래도 상관없었다. 아저씨가 우리가 못하는 「삼 년 고개」를 다 외운다는 사실이 너무나 신기할 뿐이었다. 아저씨는 우리가 보기에도 병신이었으니까. 아저씨는 삼화리에서 어머니와 둘이 산다는 말이 있었지만, 정확하게 아저씨가 어디에 사는지도 아무도 몰랐다. 아저씨는 삐뚤어진 입으로 「반달」이란 동요도 잘 불렀다.

> "푸른 하늘 은하수 하얀 쪽배에
> 계수나무 한 나무 토끼 한 마리~
> 돛대도 아니 달고 삿대도 없이
> 가기도 잘도 간다 서쪽 나라로."

낙엽이 바람에 스산하게 구르던 겨울이 오는 어느 때부터인가 아저씨의 모습은 학교 앞에서 자취를 감추었다. 그리곤 우리들의 기억에서도 점점 사라져 갔다. 하지만, 어른이 된 지금도 내 유년 시절 학교 앞에는 입 삐뚤이 아저씨가 열심히 「삼 년 고개」를 외우고 있다. 오늘 그 시절이, 입 삐뚤이 아저씨의 「삼 년 고개」가 더욱 그리워진다.

인연이었을까?

　오래전에 읽은 피천득 선생님의 수필 「인연」에서는 아사코와 세 번의 만남 중, 세 번째 만남은 아니 만났어야 좋을 것이라고 말한다. 피천득 선생님은 춘천에 남다른 애정을 지니고 있다. 나도 강원도 춘천 운교동에서 초등학교에 다닌 적이 있어서 춘천에 대한 기억이 각별하다. 인연은 남, 여 사이에만 있는 것은 아니다. 나에게도 두 번째 만남은 아니 만났으면 하는 만남이 춘천에서 있었다.

　나는 강원도 화천에서도 나룻배를 타고 강을 건너 시오리를 걸어 들어가야 하는 산골에서 살았다. 아버지는 초등학교 교장 선생님이었고, 나는 아이들이 부러워하는 교장 선생님 딸이었다. 학교 앞 신작로를 따라 쭉 올라가면 길옆에 강 포수네가 살았다. 강 포수가 긴 총을 어깨에 메고 가끔 꿩을 잡아 줄에 꿰어 거들먹거리며 가는 것을 몇 번 본 적이 있다. 어린 마음에 내 키만 한 총이 무섭기도 했고, 죽어서 대롱대롱 매달린 꿩은 더 무서웠다. 내 친구 미영이는 강 포수의 딸이다. 미영이는 키가 키다리처럼 컸다. 미영이는 위로 오빠가 셋이나 있어서 아무도 건드리지 못했다.

추석이 가까이 오고 있던 어느 가을날이었다. 미영이는 회색 바탕에 국화꽃 무늬가 촘촘하게 놓인 새 주름치마를 입고 왔다. 아마 추석빔이었던 것 같았다. 내 눈에도 그 주름치마는 너무 예뻐 보여서 미영이가 부러웠다. 미영이는 우리에게 원피스 자랑을 늘어지게 했다. 자랑이 꼴사나 와서였는지 모르지만, 미영이와 싸움이 일어났다. 서로 옥신각신 말로 싸우고 있는데 미영이 오빠 둘이 다가왔다. 내 손을 뒤쪽으로 확! 잡더니 미영이 보고 때리라고 말했다. 나도 형제가 많고 교장 선생님 딸이어서 미영이에게 뒤처지는 조건은 아니었다. 하지만 그날따라 학교 운동장을 보니 나의 막강한 지원군인 언니, 오빠가 보이지 않았다. 누가 봐도 내가 열세였다. 도와줄 사람도 없고 어떻게 해서든지 이 위기를 벗어나야 한다는 생각밖에는 없었다. 있는 힘을 다해 잡힌 손을 뿌리쳤다. '깡마른 계집애인데.' 하고 방심하고 있던 미영이 오빠가 뒤로 주춤 밀렸다. 그 바람에 나는 앞으로 넘어지면서 잡을 것이 없어 미영이의 주름치마 한쪽을 잡고 넘어졌다. 순간 너무나도 놀랄 일이 벌어졌다. 미영이의 원피스 주름치마가 맥없이 허리둘레를 따라 내 손안에서 북 뜯어져 내렸다. 미영이의 팬티가 순식간에 보이면서 미영이는 그 자리에 털썩 주저앉아 울기 시작했다. 이미 싸움은 나의 승리로 끝나 있었다.

모여 있던 아이들은 뜯어진 주름치마와 깡마른 나를 번갈아 쳐다보았다. 또 믿기지 않는 듯 눈을 동그랗게 뜨고 황당한 상황에 어쩔 줄 몰라

했다. 미영이 오빠들은 주저앉은 미영이를 달래느라 정신이 없었다. 싸움은 그렇게 나의 대승으로 끝나 있었다. 하지만 교장 선생님 딸인 내가 다른 아이의 옷을 다 뜯어 놨으니 슬슬 걱정되었다.

아버지 어머니는 어이가 없다는 표정으로 아무 말씀도 하지 않았다. 어머니는 다음날 장에 가서 미영이의 회색 주름치마와 가장 비슷한 주름치마를 사 왔다. 그러고는 내 손을 잡고 미영이네 집으로 찾아갔다. 엄마는 정말 죄송하다며 새 주름치마를 내밀었다. 나는 엄마 뒤에 죄인이 되어서 그냥 가만히 서 있었다. 미영이 어머니는 화가 많이 나서 새 주름치마를 받지 않았다. 무엇보다 키도 작고 깡마른 계집아이에게 덩치 큰 미영이가 속절없이 당한 것이 더 속상하고 자존심 상한 것 같았다. 다음 날 미영이 어머니는 분이 덜 풀렸는지 아침부터 미영이의 다 뜯어진 주름치마를 우리 집 마루에 휙 던지고 가버렸다. 어머니는 그 주름치마를 하루를 꼬박 걸려 주름을 다시 잡고 손을 보아 미영이네 집에 가져다주고 다시 한 번 사과했다.

그 일 이후 나는 동네에서 쌈 잘하는 악바리 계집아이가 되어 있었다. 아이들은 나의 눈치를 슬슬 보며 비위를 맞추려고 했다. 참, 그게 아닌데 말이다. 어쩌다 주름치마가 때맞춰 잘 뜯어진 것뿐인데. 그 일이 있고 난 후, 나는 강 건너 초등학교로 전학을 왔고 미영이를 다시 만날 수 없었다.

춘천 운교동 산동네 중턱에 허름한 우리 집이 또 있었다. 언니, 오빠가 춘천에서 학교 다니며 할머니와 함께 사는 집이다. 나도 6학년 초, 춘천으로 전학을 왔다. 운교동 집 앞집에는 산골에 살던 내 친구 미영이와 똑같은 이름을 가진 5학년 미영이가 살고 있었다. 처음 이사 와서 친구도 없었는데 앞집 미영이는 나에게 매우 친절했다. 고무줄놀이도 시켜 주고 자신이 다니는 학교도 데려가 주었다. 우리 학교는 집에서 건너다보이는 곳에 있었다. 반면 앞집 미영이네 학교는 반대로 산등성이를 넘어야 내려다보였다. 내가 강원도에서 살다 왔다고 하자 자기 반에도 강원도에서 전학을 온 친구가 있다고 했다. 너무 반가워서 물어봤더니 자기와 이름이 같다고 했다. 설마 나는 6학년이고 산골 친구 미영이도 지금 6학년일 텐데 전학을 온 5학년 미영이가 내 친구 미영일 리가 없다고 생각했다. 앞집 5학년 미영이는 나중에 그 친구를 한번 데려오겠다고 했다. 그러고는 그 이야기를 한참을 잊어버리고 있었다.

어느 날 앞집 미영이가 전학해 온 친구를 데리고 왔다고 자기 집에서 놀자며 나를 데리러 왔다. 아무 생각 없이 앞집 대문을 열고 들어서는 순간 예전보다 더 키가 큰 미영이가 계면쩍은 듯 웃고 서 있었다. 우리의 사연을 모르는 앞집 미영이는 이런 인연이 어디 있냐며 신기해 했다. 미영이도 나도 뭐라고 말해야 할지 몰라서 어물어물했다. 미영이는 집에 가 봐야 한다며 다음에 다시 오겠다고 하고는 뒤도 돌아보지 않고 산 동네를 내려갔다.

나중에 앞집 5학년 미영이게 들었다. 미영이는 무슨 사연인지 모르지만, 한 학년을 낮추어서 5학년 농구선수로 전학을 왔다고 했다. 그 후 다시는 미영이의 모습을 볼 수 없었다. 그 만남이 미영이와 나의 인연이었

는지는 모르겠지만, 생각해도 두 번째 만남은 아니 만났으면 더 좋았을
걸 하는 생각이 든다.

　　오는 가을에는 호수가 아름다운 춘천에 다녀와야겠다. 벌써 괜히 마음
이 설레고 바빠진다.

보물찾기

10월은 참 아름다운 달이다. 하늘도 산도 모두 아름답다. 계절은 이렇게 가슴 시리도록 아름다운 데 갈 곳이 없다. 코로나가 우리 일상을 완전히 바꾸어 버렸다. 어쩌면 코로나가 시대의 흐름을 바꾸는 전환점이 될지도 모른다는 생각이 들었다. 코로나만 아니면 아이들과 물도 있고 산도 있는 곳으로 소풍을 다녀오는 시기였다. 코로나가 참 야속하다. 나는 소풍에 대한 아름다운 추억을 한 보따리 가지고 있다. 그래서 아이들보다 내가 더 현장학습을 기다렸는지 모른다. 어린 시절 가슴 설레며 기다렸던 소박한 소풍이 생각난다.

내 고향은 녹색 비단 같은 강이 온 마을을 보듬고 흐르고 있어서 강을 건너지 않으면 갈 곳이 없는 산골이었다. 해마다 같은 곳으로 가는 소풍이지만 봄, 가을 두 번 가는 소풍은 아이들의 최대 관심사이자 축제였다. 소풍 가는 날은 그렇게 먹고 싶었던 김밥에다 사이다까지, 또 입에 넣으면 입안 가득 달콤함이 오래가는 커다란 눈깔사탕도 먹을 수 있는 날이었으니까. 내일 비가 오면 어쩌나 별들이 총총 박힌 까만 하늘을 올려다보고 또 올려다보곤 했다. '또 내일 소풍에서 보물을 찾을 수 있을까?'라는 생각에 늦게 잠이 들곤 했다.

소풍 장소는 멀리 시커멓게 올려다보이는 용화산이나 동글동글 자갈이 지천인 강변밖에 없었다. 가을 소풍은 온 산이 붉게 물든 용화산이 제격이었다. 아침부터 우리는 학교에서부터 한 줄로 서서 시오리가 넘는 용화산 밑으로 소풍을 떠났다. 매번 가는 곳이지만 소풍 갈 때마다 용화산은 다른 얼굴을 하고 있었다. 아이들은 다리도 아프고 힘도 들었지만, 누구 하나 불만을 늘어놓지 않았다. 그만큼 우리가 자랄 때는 갈 곳이 없고 소풍은 최고의 축제였다. 특히 보물찾기는 인기 있는 소풍의 꽃이었다. 모두 오늘은 내가 보물을 많이 찾을 거라고 잔뜩 벼르고 있었다. 아침부터 걸어서 모두 지치고 힘들어하자 바로 점심시간이 주어졌다. 용화산 밑 검은 돌들이 있는 평평한 곳에 아이들과 부모들은 자리를 잡았다. 우리도 제법 넓은 검은 바위 위에 자리를 잡았다. 엄마가 만든 김밥은 정말로 환상적인 맛이었다. 엄마는 어떻게 이렇게 맛있는 김밥을 만들 수 있는 것일까? 거기에 찐 달걀, 사이다까지 우리는 너무 행복했다.

모두가 행복한 점심시간이 끝나고 아이들이 긴장하며 기다리던 보물찾기 시간이 돌아왔다. 선생님은 언제 우리 몰래 보물을 숨겨 놓은 것일까? 삑! 하는 호루라기 소리에 맞춰 모두 흩어져 보물을 찾기 시작했다. 나는 나뭇가지 위, 돌 틈에서 삐죽 얼굴을 내밀고 있는 보물쪽지를 두 개나 찾았다. 보물쪽지에는 공책, 연필 그렇게 쓰여 있었다. 보물을 찾지 못한 동생이 칭얼거려서 나는 보물쪽지 한 장을 얼른 동생에게 쓱! 건네주었다. 보물은 두 장 찾아도 소용이 없다. 모두 공평하게 한 사람이 한 장씩 밖에 보물을 주지 않는다. 그날 우리는 공책 한 권과 연필을 보물로 받았다. 그리곤 아까워서 쓰지 못하고 고이고이 선반 위에 모셔 두었다.

어린 시절의 행복한 긴장감을 주던 보물찾기!
어른이 된 나는 지금도 보물찾기를 하면서 살고 있는지 모른다. 보물! 나이를 먹고 살아가다 보니 내게 주어졌던 모든 것이 보물이었다는 것을 뒤늦게 깨닫게 된다. 삶은 길섶에 보물을 숨겨 놓고 우리가 살아가면서 하나씩 찾으며 행복하기를 바랐는지 모른다.

어리석게도 반짝거리는 것만 보물인지 알고 먼 곳에서 찾으려 애쓰며 살았다. 오늘도 나는 또 다른 보물을 찾기 위해 아등바등 살고 있지는 않은지, 그 옛날 순수했던 보물찾기를 떠올리며 나의 삶을 뒤돌아본다.

보물찾기

어린 시절 소풍날
돌 틈에서 찾았던
보물쪽지 속엔
아련한 꿈이 희망이
함께 들어 있었다

세파에 흔들리고 삶에 지칠 때
신기루 같은 보물을 찾아 헤맸다

빌딩 숲 사이에도
밀리는 인파 사이에도 내가 찾는
보물은 흔적도 없었다

청춘이 덧없이 흘러
지는 노을이 붉게 물들 때

세월의 틈바구니에서
애써 찾은 보물쪽지에는
어릴 적 빛나던 내 이름 석 자
쓰여 있었다

앞집 순복이네

학교 앞에 있는 관사에서 우리 11식구는 살았다. 관사 뒤쪽에는 신기하게도 샘물이 시작되는 곳이 있었다. 냉장고가 없던 시절 그 샘물은 냉장고 역할을 톡톡히 해 주었다. 더운 여름 샘에 가면 김치며 아침에 먹던 나물 반찬이 송송 땀을 흘리며 들어앉아 있었다. 운이 좋을 때는 개똥참외 몇 개 들어앉아 있을 때도 있었다. 그 샘물은 사시사철 여름에는 시원하고 겨울에는 따뜻했다.

관사 앞집에는 순복이네가 살았다. 마을에서 떨어져 딱 두 집이 밭 가운데 이마를 기대며 살았다. 샘에서 시작한 물은 순복이네 집 앞으로 작은 도랑물이 되어 흘렀다. 순복이는 나와 동갑이고 밑으로 남동생이 두 명 있었다. 순복이네는 할아버지와 순복이 엄마, 아빠가 온종일 들로 논으로 일하러 나가서 항상 아이들만 집에 있었다. 순복이는 부모님이 동생들을 잘 보라고 해서 눈을 흘기면서도 동생들을 항상 달고 다녔다. 우리는 들로 산으로 봄이면 진달래꽃, 다래 순, 찔레 순을 따서 먹었다. 여름이면 냇가에서 온몸이 검게 타도록 미역을 감으며 놀았다.

　가을이면 산에는 먹을 것이 지천이었다. 논둑을 따라 달콤한 오디를 따먹으며 달렸다. 산으로 올라가면 다래, 머루 등, 열매들이 풍성하게 우리의 간식이 되어 주었다. 늦여름이었던 것 같다. 어둑어둑해진 때였는데 순복이네 형제가 울면서 우리 집으로 뛰어왔다. 방에 뱀이 들어 왔다고 벌벌 떨었다. 순복이네 부모님은 밭에서 일하느라 들어오지 않았고, 아이들만 방에서 놀다 기겁해서 뛰어왔다. 아버지가 큰 지게 작대기를 들고 우리 모두 순복이네 집으로 뱀을 잡으러 출동했다. 내가 어렸을 적 우리 동네는 전기가 들어오지 않아 호롱불을 쓰고 있었다. 그래도 우리 집은 호야 불을 썼는데 순복이네는 박물관에서나 봄 직한 호롱불을 쓰고 있었다. 아버지가 어두컴컴한 방문을 열어젖히고 작대기를 들고 방에 들어갔지만, 뱀은 어디로 갔는지 보이지 않았다. 덕분에 순복이네 형제는 부모님이 오실 때까지 우리 집에서 저녁 먹고 함께 놀았다.

　집에 돌아온 순복이 부모님이 뱀 소동을 듣고 고맙다며 아이들을 데리고 돌아갔다. 그런데 순복이 식구들이 다 모여서 자려고 할 때 방에서 나갔으려니 했던 뱀이 발각되었단다. 구석에 세워두었던 호롱불 나무 대 뒤에 길게 붙어 있다가 나타난 것이다. 다시 한 번 한밤중에 뱀 소동이 났었다고 했다. "등잔 밑이 어둡다."라는 옛말이 딱 맞는 뱀 소동이었다. 순복이 할아버지가 긴 막대기에 뱀을 휘감아서 멀리 내다 버렸다고 한다. 예부터 집안에 들어온 뱀은 죽이지 않는다고.

그 후로 우리는 도시로 이사를 왔고 순복이 네 소식은 통 들을 수 없었다. 언제인가 엄마가 고향에 가셨다가 순복이 네 소식을 듣고 왔다. 엄마는 그 순한 순복이 엄마가 아이들을 놔두고 집을 나갔다며 "어쩌다." 하며 혀를 끌끌 찼다. 형제같이 들판을 뛰놀던 순복이와 그 동생들, 진달래 가득하던 앞산과 들꽃 향기 가득했던 들판. 요즘 가끔은 그 옛날 그 시절이 눈물 나도록 그리워진다. 나도 나이를 먹어 가는가 보다. 시간 내서 그리운 내 고향에 한번 다녀와야겠다.

아버지! 나의 아버지!

추억은 아름답게 슬플 때가 많다. 돌아다보면 내가 살아온 날들이 '그때는 그랬지.' 하며 가슴 한구석이 따뜻해지기도 하고, 울컥하며 마음이 슬퍼지기도 한다. 그 아름답고 아픈 길목마다 할머니도 보이고 어머니, 아버지도 보인다. 함께 걸어온 길이어서 더 소중하고 가슴이 아프다.

아름다움의 어원을 우리말에서 찾아가다 보면 '앓음 다움'이란다. 말하자면 '앓은 사람'이라고 한다. 그래서 돌아보는 추억은 앓으면서 함께 걸어온 길이기에 아름다우나 슬퍼 보이나 보다. 예전에는 왜 그리 사는 게 고단했던지. 나의 기억에 있는 할머니부터 아버지, 어머니 그리고 우리까지.

아버지가 몸이 아파서 학교에 복직되지 못하자, 학교 앞, 정들어 살던 관사를 떠나 우리는 강 건너로 이사를 했다. 당장 먹고살아야 하니까 아버지, 어머니는 읍내 시장에 신발가게를 차렸다. 간판은 지금도 생각이 난다. 큰언니의 이름 글자를 따서 〈연신 상회〉라고 지었다. 아버지는 교장 선생님이었다는 것을 다 아는 고장에서 신발 장사를 해야 했다. 지금와 생각하면 아버지는 그런 삶이 쉽지만은 않았을 것 같다.

용암리를 떠나 우리가 살집은 화천강 둑 바로 아래 허름한 집이었다. 집 앞 울타리가 둑인 셈이었다. 집 앞으로 올라가면 마당 삼아 둑이 나오고 비단 같은 푸른 물이 흘러가는 화천강이 내려다보였다. 우리의 놀이터는 이제는 아버지의 학교 마당이 아니라 강둑이 놀이터였다. 바람 부는 둑 위에 올라 늙은 사공이 노를 저어 가는 강을 따라 우리가 살던 마을을 얼마나 건너다보았는지 모른다. 그 이후에는 그 배를 타고 다시는 우리가 살던 마을로 한 번도 가 보지 못했다. 별처럼 빛나던 내 유년 시절이 끝나가고 있었다.

어머니는 추운 겨울이면 신발에서 나오는 고무 독으로 손이 다 갈라져서 피가 나왔다. 아버지는 어머니를 도와 가게도 열어주고 청소도 해 주면서 그렇게 평범한 한 남편의 삶을 살기 시작했다. 나는 어느 날인가 어머니의 신발가게에서 놀다 밤늦게 집으로 돌아가게 되었다. 한순간 디딘 발이 깊은 수렁으로 떨어지면서 컴컴한 공간에 빠지는 일이 일어났다. 부모님이 놀라서 달려오고 겨우 밖으로 나왔을 때는 왼쪽 발등에서 피가 하염없이 나오고 있었다. 하수도 공사를 하기 위해 맨홀 뚜껑을 열어놓은 곳에 빠진 것이다. 상처가 너무 깊어서 왼쪽 다리를 전혀 움직일 수가 없었다. 다음 날부터 아버지의 자전거 뒤에 앉아 학교에 가곤 했다. 학교 현관 입구에서부터는 아버지의 등에 업혀 교실까지 갔다. 학교가 끝나면 아버지는 교실 입구에서 기다리다가 나를 자전거에 태우고 집으로 왔다. 어린 마음에 나는 아프기도 하지만 아버지가 학교에 데려다주고 데려오는 일이 내심 너무 좋았다. 그동안 한 번도 오롯이 아버지의 보살핌을 받았던 적이 없었으니까.

그동안의 아버지는 평범한 아버지와는 다르게 그냥 학교의 교장이었다. 자전거를 타고 따뜻한 아버지 등에 기대어 학교에 가던 그 시간이 아버지와의 제일 기억나는 추억이 되었다. 그때 아버지는 말씀이 거의 없으셨다. 아마도 아파서 복직하지 못한 초등학교에 아침마다 나를 데리고 간다는 것이 편치만은 않았을 것 같다. 복잡한 마음이 교차했을 것 같다. 그것도 모르고 나는 마냥 신나 했다. 한 달쯤 지나 상처가 다 나아서 혼자 학교에 갈 때는 섭섭하기조차 했다.

아버지는 참 귀하게 자란 몇 대 독자였다. 자랄 때는 아무런 고생 없이 감성 있는 소년으로 자랐다고 한다. 결혼하고 돌아가시기까지의 아버지의 삶을 보면 너무 가슴이 아파 눈물이 난다. 몸은 병들어 야위어가는데 눈동자 까만 철모르는 아이들은 많았다. 거기에 할머니는 아버지 걱정으로 눈물 마를 날이 없었다. 아버지는 얼마나 힘드셨을까? 내가 결혼해서 살아보니 그 막막했던 마음을 이제는 알 것 같다. 축 처진 어깨로 걸어가시던 아버지의 뒷모습이 지금도 생각이 난다. 아버지의 처졌던 어깨에 우리가 천근만근으로 실려 있었음을 이제야 깨닫는다.

아버지! 나의 아버지

아버지는 언제나 큰 나무인 줄 알았다
바람이 불면 우리를 막아주고
넉넉한 그늘을 만들어 주는
큰 나무인 줄 알았다

나무도 고단하면 쓰러진다는 것을 알지 못했다
철없던 우리가 아버지의 어깨에 실린
천근만근 삶의 무게였음을 알지 못했다

철없던 우리를 돌아보던
말 없던 아버지의 얼굴이
쓸쓸히 돌아눕던 아버지의 야윈 등이
오래오래 가슴에 남아 있다

아버지는 우리를 두고
어찌 떠났을까?

아버지가 신고 떠나던 파란 꽃신이
떨어지지 않던 아버지의 마지막
발걸음이었음을 이제야 깨닫는다

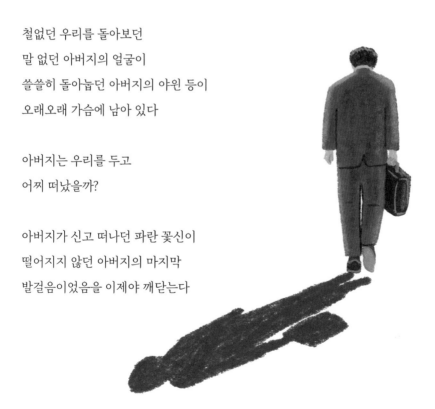

범 내려온다

요즘 유튜브에서 「범 내려온다」라는 노래 영상이 뜨겁다. 미스터 트롯에서 어린 김태연이 부르는 것을 보고 나도 참 노래가 특이하다고 생각했었다. '이 시대에 무슨 저런 노래가?'라고 했는데 들을수록 중독성이 있다. 이제는 남녀노소 모두가 즐기는 노래가 되었다.

나는 호랑이 하면 아버지가 생각난다. 강원도 산골 살 적 워낙 깊은 산골이라 보지는 못했지만, 호랑이도 살고 있었던 것 같다. 아버지가 학교에 교장 선생님으로 있던 시절은 정말 호랑이 담배 피우던 시절이었다. 학교에 그 흔한 전화가 한 대 없었으니까.

아버지는 봉급을 한 달에 한 번 누런 봉투에 타왔다. 월급이 요즘처럼 통장으로 들어오는 시대가 아니었다. 교육청에 사람이 가서 봉급을 가져다가 나눠 주는 시대였다. 11식구에 빠듯한 살림은 언제나 아버지의 봉급이 모자랐다. 아버지가 봉급을 타오시는 날 저녁이면 우리는 아버지, 어머니 주위에 빙 둘러앉아 한 달 지출을 분배하는 모습을 보곤 했다. 어린 내가 보기에도 돈은 넉넉지 않아 보였다. 쌀값, 옷값, 부식비, 학비 등, 다 나누고 나면 동전 1원짜리 몇 개만 달랑 남았다. 아버지는 남은 1원짜리를 우리에게 몇 개씩 나눠 주곤 했다.

어느 해였던가 아버지의 봉급 봉투에 돈이 몇천 원 더 들어오는 일이 발생했다. 그 시절의 몇천 원은 큰돈이었다. 아버지는 돈을 잘못 넣은 사람은 돈이 모자라서 쩔쩔매며 찾고 있을 거라며 교육청에 가져다주어야 한다고 말씀하셨다. 이때는 이미 해가 뉘엿뉘엿 넘어가는 저녁이었다. 산골의 밤은 해가 지기 시작하면 어둠이 사정없이 밀려온다. 가로등도 없고 더구나 산 짐승들도 밤이면 돌아다니는 상황에서 어머니는 아버지를 말릴 수밖에 없었다. 내일 밝은 날 가져다주면 되지 않겠느냐고. 강직한 아버지에게 그 말이 들릴 리가 없었다. 어둑어둑해지기 시작하는데 아버지는 십 리를 걸어 배를 타고 강을 건너야 하는 길을 떠났다.

어머니는 아버지의 밥을 아랫목 따뜻한 이불에 넣어 놓고 아버지가 오기를 노심초사하며 기다렸다. 밤은 깊어져 가는데 아버지는 돌아오지 않았다. 멀리서 개 짖는 소리만 가끔 컹컹 들렸다. 시간이 얼마나 지났을까? 우리 집, 검둥이가 짖기 시작했다. 검둥이는 멀리 서도 언제나 아버지의 발소리를 제일 먼저 알아듣는 기특한 개였다. 우리 모두 방문을 열고 무사히 들어오는 아버지를 맞았었다.

아버지는 들어와서 오면서 산짐승 만난 이야기를 해 주셨다. 배 터에서 내려서 십 리를 걸어들어오다 보면 마을 입구에서 길이 90도로 휘어지면서 바로 산소가 나온다. 이곳은 낮에 걸어가도 머리가 쭈뼛 설 정도로 무서운 곳이다. 아이들과 이곳을 지날 때면 전력 질주했던 생각이 난다. 아버지가 이쯤 오셨을 때 멀리서 두 개의 불이 번쩍번쩍하며 보이더란다. 아버지는 아마도 호랑이의 두 눈이 아니었을까? 하고 말했다. 아버지는 주머니에서 성냥을 꺼내 불을 하나씩 켜면서 집까지 왔다고 했다. 호랑이가 제일 무서워하는 것이 불이라며 빈 성냥갑을 보여주었다.

그 시절은 그뿐만 아니라 칠흑같이 어두운 밤, 개울 건너를 보면 확! 하고 파란 불이 흩어지고 굴러다녔던 기억이 난다. 우리는 모두 그 불을 도깨비불이라며 공포에 떨었다. 「범 내려온다」라는 노래를 들으면, 호랑이 담배 피우던 시절 같았던 그 시절의 호랑이 이야기가 떠오른다. 유년의 잊지 못할 아름다운 추억이다.

따뜻했던 가을날의 재회

나는 길을 돌고 돌아 늦은 나이에 선생님이 되었다. 아버지가 걸어간 교직의 길을 나도 늦었지만 가게 된다고 생각하니까 제일 먼저 돌아가신 아버지가 무척 생각이 났다. 그래서 어느 날 우리 식구들이 마지막으로 행복하게 살던 그 강원도 산골 학교에 가 보게 되었다.

옛 학교의 자취는 없어지고 2층으로 새로 진 아담한 건물이 자리 잡고 있었다. 운동장은 그 넓던 아카시아 향기가 가득하던 곳이 아니었다. 왜 그리 좁고 초라해 보이던지 한동안 가슴이 먹먹했다. 화단에 널려 있던 소꿉장난하기에 안성맞춤이던 색색의 화초들은 모두 사라져 유년의 내 기억 속에서만 빛나고 있었다. 학교는 2층의 깔끔한 현대식 건물로 아담한 자태를 뽐내고 있었다. 하지만 내 기억 속에 남아 있던 추억 속의 학교는 아니었다. 내가 놀던 학교 앞 시냇물은 물이 말라 허옇게 배를 드러내고 있었다. '여기가 내가 뛰어놀았던 빛나던 곳인가?' 하는 생각에 허전한 마음이 들었다.

쓸쓸한 마음으로 학교를 둘러보던 중, 학교 교장 선생님을 만났다. 아버지가 그리워 왔노라고 말씀드렸다. 교장 선생님은 잔잔한 미소를 지으시며 나를 중앙 현관 계단 쪽으로 안내했다. 아! 놀랍게도 1층에서 2층으로 올라가는 벽에는 역대 교장 선생님들의 사진이 나선형으로 붙어 있었다. 나는 그 사진 속에서 아주 신기하게 나를 내려다보며 웃는 아버지와 다시 만날 수 있었다.

"참, 잘 왔구나. 나도 보고 싶었다." 그렇게 말씀하시는 것 같았다.

너무 감격스러워서 한동안 사진 앞을 떠날 수가 없었다. 그렇게 생각지도 않게 아버지와 재회하고 돌아온 가을은 어느 때보다 따뜻했다. 빛바래져 가던 아버지에 대한 기억을 다시 가슴에 담을 수 있게 되었다. 그리고 언제든지 그곳에서 나를 응원하는 아버지가 계신다는 사실이 나만의 비밀처럼 든든하고 은근한 힘이 되었다. 나에게 아버지는 돌아가셔도 그런 존재였던가 보다.

나는 아버지가 돌아가신 뒤 정말 먼 길을 돌아 꿈을 이루었다. 책 살 돈이 없어서 헌책방에서 책을 사다 외로운 독학을 많이 했다. 지금 와 생각해 보면 그 고단한 세월이 있어서 오늘의 내가 있는 것 같다. 그 시간이 없었다면 지금의 나는 없었을 것이고, 또 어떤 모습으로 살아가고 있을지 가늠이 가지 않는다. 아버지가 살아가면서 몸소 보여주시던 교직을 천직으로 청빈하게 살던 모습이 어떤 가르침보다 값진 유산이었다는 사실을 깨닫게 되었다. 아버지가 계시지 않았다면 나는 선생님이 되지 못했을 것이다. 교육은 가르치는 것이 아니라 보여주는 것이라는 말이 맞는다. 아이들에게 실망하여 기운이 없는 나를 발견하면 그 옛날 아버지의 생각을 읽으려 노력한다. 아버지는 비록 돌아가셨지만, 지금도 나를 응원하는 든든한 후원자라는 생각이 든다.

  초록의 나뭇잎들도 지쳐 단풍이 드는 요즘 다시 아버지를 만나러 가고 싶다. 아버지께서 아이들을 사랑하시며 평생을 교직에 몸 받치셨듯이, 나도 그 사랑을 본받아 진정한 교사가 되겠다고 말하고 싶다. 아버지! 내 아버지여서 너무 감사합니다. 사랑합니다!

怒
로

아
프
니
까
봄
이
다

단재 신채호 선생의 중매

사람은 살아가면서 두 갈래 길에서 서성일 때가 있다. 인생이라는 길을 알고 가는 사람은 없다. 그냥 비가 오면 비를 맞으며 바람 불면 바람 따라 걸어가는 게 인생이다. 언덕 너머 무엇이 있는지 아무도 모르기에 두 갈래 길에서 한참을 어느 길로 갈지 망설이는 때가 있다. 그 인생의 두 갈래 길에서 만난 한 사람을 이야기하고자 한다. 그것이 나의 피할 수 없는 운명이었을까 생각하면서.

나는 아주 오래전 마산의 가톨릭 여성회관에서 밤이면 청소년들을 가르치며 살던 때가 있었다. 학교를 제때 못 간 청소년들의 아픈 이야기도 들어주고 검정고시도 도와주며 지내고 있었다. 한 번은 서울 사는 친구에게서 전화가 왔다. 내가 야학한다는 소리를 어디서 들었는지 흥분한 목소리로 말했다.

"니, 단재 신채호 선생의 『조선상고사』 한번 읽어 보래이. 그분 억수로

애국자라 하더라. 나도 그 책을 읽고 감동했다 아이가. 꼭 읽어 보래이."

그런 전화를 받고 난 며칠 뒤, 나이 많은 딸이 못내 걱정되었던 어머니께서 전화하셨다. 참한 총각이 있으니 서울로 선보러 올라오라고. 그때는 아버지가 일찍 돌아가신 뒤 너무도 힘들게 살다 보니 결혼은 내 이야기가 아닌 것처럼 느껴졌었다. 그리고 그때 나는 어느 정도 내 길을 결정한 터였다.

'그래 이번이 마지막이야. 요번에 반쪽을 만나지 못하면 미련 없이 수도자의 길을 가는 거야.' 하며 4월의 어느 일요일 선을 보기로 약속했다.

그날은 아침부터 봄비가 기분 좋게 부슬부슬 내렸다. 나는 4~5시간을 고속버스 속에서 지낼 생각을 하며 지난번 친구가 권한 단재 신채호 선생의 『조선상고사』를 보면서 가기로 마음먹었다. 일찍 서둘러 고속버스 터미널 근처의 책방에 들렀다. 당시는 조그만 문고판이 유행했었는데 아무리 찾아도 『조선상고사』 책이 보이지 않았다. 결국 책을 사지 못한 채 고속버스에 올랐다.

봄비가 촉촉이 내리는 차창 밖의 풍경은 살아 있는 듯 생동감이 넘쳤다. 살며시 다가왔다가 사라지는 아주 독특한 풍경이 나를 포근히 감싸 주었다. 서울에 도착하여 장충동 어느 찻집에서 그 남자를 만났다. 자그만 키에 까무잡잡한 얼굴, 별다른 감흥 없이 다가오는 첫인상이었다. 식사를 함께하는 동안에 자연스레 책 이야기가 나왔다. 그 남자 보기와는 달리 안 읽은 책이 없을 정도로 꽤 해박했다. 나는 사려다가 못 산 『조선상고사』 책을 이야기하며 읽고 싶다고 했다. 그런데 갑자기 이 남자가 회색 양복 안주머니에서 내가 그렇게 찾던 『조선상고사』 문고판 책을 쓱 꺼냈다. 나를 만나러 오는 길에 시간이 남아서 책방에 들렀다가 이 책이 눈에 띄어 샀노라고 했다. 인기 있는 소설책도 아니고, 이게 운명인가? 이 만남을 어떻게 이해할지 몰라 한동안 매우 혼란스러웠다.

그 후 우리는 1년여 시간을 서울과 마산을 오간 끝에 결혼식을 올렸다. 그도 나도 무일푼이었지만 그런 것은 아무래도 좋았다. 결혼 후 힘들고 어려운 일이 있을 때마다 '우리는 단재 신채호 선생이 중매한 사람들인데.'라는 생각으로 품위와 교양을 지키며 열심히 살고 있다.

그 남자 그 여자

폼 나게 살고 싶은 남자가 있었다. 그 남자는 9남매의 막내다. 8세 때 부모를 교통사고로 한꺼번에 다 잃고 이집 저집 형제들 집을 떠돌아다니며 살았다. 어린 시절 그 남자의 남자 형제는 그 사람에게는 아버지요, 여자 형제들은 어머니였다. 모두 남자가 믿고 자란 가족이었다.

세상 물정 모르는 한 여자가 있었다. 그냥 세상 열심히 살면 다 될 거라고 하는 철없는 믿음을 가지고 있었다. 그런 두 사람이 만나서 결혼을 했다.

처음 몇 년은 남들처럼 아들, 딸 낳고 없는 살림이지만 재미나게 살았다. 몇 년이 지나자, 남자의 가족들은 보증설 일이 있으면 "내가 자식처럼 너를 키웠다."라고 하며 보증 쪽지를 가지고 왔다. 심지어는 아파트도 그 남자의 이름으로 사고 싶어 하고, 회사의 기계도 다 그 남자의 이름으로 사고 싶어 했다. 그 남자는 가족인데 하고 토 달지 않고 요구하는 대로 다해 주었다. 부모 같은 형제 부탁인데 고민할 것도 없이 도장을 쿵쿵 찍었다. 세상 물정 모르는 여자는 남편의 선택이고, 부모 같은 분들이 어련히 알아서 해 주실까 싶어서 남편의 선택에 토 달지 않았다.

하지만 시간이 지날수록 은행과 세무서에서 돈을 내라고 재촉하는 고지서가 날아왔다. 그 지경이 되어가는데도 한 번만 더 서달라며 보증 쪽지를 들고 오는 형제도 있었다. '정말 그 사람들은 남자의 가족이었을까? 그 남자만 가족으로 생각하는 것이지 다른 형제에게 그는 무엇이었을까?' 하는 의구심이 들었다. 어느 부모가 키워 주었다고 자식에게 대가를 바라든가. 점점 고지서가 쌓이고 쌓였다. 남편이 그렇게 믿었던 가족들은 연락이 되지 않거나, 아예 이사를 가버렸다.

그 남자는 사람들과 어울려 사는 것을 좋아했다. 그 남자 곁에는 사람들이 항상 모여들었다. 무엇이든지 남들에게 주는 것을 좋아해서 주머니에 아무것도 남지 않고 귀가하는 날이 많았다. 그러던 사람이 월급 압류를 당하고 세금이 늘어가자, 사람들 앞에서 떳떳하지 못하다고 생각하여 괴로워하기 시작했다. 회사를 이리저리 옮기게 되었고 마음에는 늘 무거운 짐을 품고 살게 되었다. 무엇보다 하늘같이 믿었던 가족들의 배신이라 이겨내기 힘들어했다.

세상 물정 모르는 여자는 남편의 그런 모습을 보고 "당신 때문에 우리 가족이 이렇게 힘든 거야!"라고 한 번도 말해 보지 못했다. 그 여자가 보기에도 그것은 남편의 잘못이 아니었고, 가족의 배신에 너무도 힘들어하는 그 남자가 안쓰러웠으니까. 세상 물정 모르는 여자는 그때 남자에게 따뜻한 손을 내밀었다. 이겨 낼 수 있다고, 함께 이겨 내자고. 그 남자는 미안해서인지 여자가 애써 내민 손을 잡지 않았다. 그러고는 돌아서서 짧은 위로를 주는 술의 손을 덥석 잡았다.

마음이 병드니 몸이 따라 무너지기 시작했다. 사람들과 어울려 폼 나게 살아보려고 했던 꿈들이 무너지기 시작한 것이다. 꿈이 없는 삶은 지옥이다. 천국과 지옥은 죽어서 가는 것이 아니었다. 이미 천국과 지옥은 동전의 양면처럼 그 여자 그 남자의 삶 속에 존재하고 있었다.

그 남자가 삶을 정리하며 세상의 끈을 놓아버리는 것이 눈에 보였다. 무덥던 7월 중순 그 남자는 어디인지 알 수도 없는 먼 길을 미련 없이 떠났다. 떠나기 전 세상 물정 모르는 여자에게 미안하다고, 사랑한다고 다른 생이 있으면 그때도 당신의 남편이 되고 싶다고 말했다. 자신이 죽으면 넓은 바다에 뿌려 달라는 말과 함께.

그 여자는 미련 없이 그 남자의 유언대로 바다로 보내 주었다. 남자가 사는 것이 죽음보다 못해 보였으니까. 좋은 곳에 갔을 거라고 자신을 애써 위로하면서. 어떻게 살았던 죽음은 모두 불쌍하다. 남들이 보기에는 어떨지 몰라도 나름대로 최선을 다해 살아냈을 거니까. 왜 그렇게 살았냐고 아무도 비난할 자격은 없다. 그 불행한 남자는 내 남편이다. 남편과 질곡의 삶을 살아내면서 너무 가슴이 아팠을 때 쓴 시다.

나는 울어요

아픔이 많은 사람은 또 다른 사람의
아픔을 금방 알아보지요
소리 내어 말하지 않아도 알 수 있지요
내가 당신을 만났을 때 그랬답니다
당신의 커다란 웃음 뒤에 숨어 있는 눈물의 강을
나는 금방 알아보았으니까요
당신을 보면 나를 보는 것 같아서
그래서 무작정 당신을 좋아하기로 했지요

세월이 흘러 아픔의 상처들이 다 지워져야 했는데
당신과 나 그렇지 못했지요
치유되지 못하는 상처를 껴안으며 아파하는 당신을 보는 것이
어느 때부터인가 너무 힘들어졌지요
당신의 눈물 나의 눈물 모두 마르게 될 줄
알았는데 세월은 그렇지 않더군요

차라리 당신을 처음 만났을 때 모른 척할 것을
나는 바보스럽게 운명이라 생각했지요
산다는 것이 아픔 그 자체인 것을 나는 몰랐답니다
살면 살수록 삶이 무게가 되어 내 어깨에
실린다는 것도 몰랐지요
나를 닮은 아픔이 많은 당신
너무 가여워서 나는 울어요

당신에게 아무것도 해 줄 것이 없는
내가 너무 가여워서 울어요
가여운 우리가 너무 안쓰러워 또 운답니다

홀로 있는 것의 노래

온종일 하늘에서 바람과 함께 비가 내렸다. 운동장의 느티나무는 속절없이 머리채를 비바람에 맡긴 채 이리저리 흔들렸다. 저녁 퇴근길 길옆에 덩그러니 놓여 있는 검은색 슬리퍼 한 짝이 눈에 들어왔다. 몰골이 초췌한 삼선 슬리퍼다. 가까이 가서 보니 문득 생각나는 사람이 있다. 언젠가 많이 아파서 신발도 못 신고 병원 갔던 한 사람이. 그 사람은 지금은 가고 없다. 왠지 그 사람이 벗어 놓고 간 신발 같아 자꾸 뒤돌아보았다. 저 슬리퍼도 반짝반짝 빛나던 짝이 있었던 시절이 있었으리라. 어쩌다 반쪽을 잃어버리고 거리에 버려졌을까? 아무도 찾지 않는다. 아무도 눈길조차 주지 않는다. 이제 밤이 오고 또 비가 또 올 텐데 말이다.

쓸쓸한 마음으로 거리에 서니 외로운 것들이 보인다. 물받이 옆 아스팔트에 까마중은 어쩌려고 뿌리를 내리고 꽃을 피웠나? 이제 곧 찬 바람 부는 계절이 올 텐데 말이다. 여기도 저기도 혼자 있는 것들이 눈에 들어온다. 꽃들은 거기가 어디든 투정하지 않고 놀랍게도 꽃을 피우고 있다.

애잔한 향기에 눈이 시큰거린다.

우리도 그 모습과 다르지 않다. 아무리 많은 사람 속에 있어도 사람은 외롭다. 정호승 시인은 「수선화에게」라는 시에서 말했다.

"울지 마라
외로우니까 사람이다
살아간다는 것은 외로움을 견디는 일이다."

그런데 세상은 놀랍다. 혼자, 혼자인 사람이 모여서 우리가 되고 의지가 되니 말이다. 하나가 없으면 어찌 둘이 될 수 있고 셋이 될 수 있을까? 어쩔 수 없는 외로운 사람이 모여서 어깨를 부딪치면 사는 세상이 되는걸.

홀로 있는 것의 노래

먼지 나는 골목에 함부로 버려진 슬리퍼 한 짝
누가 속절없이 놓아 버린 삶의 끈일까?

한때는 누군가의 반듯한 짝이었을 텐데
무슨 말 못 할 사연을 안고 황량한
이곳에 버려졌을까?

아무도 찾지 않는 설움에 혼자 외롭다
삶의 마침표도 찍지 못한 몸뚱이 위로
속절없이 비만 내리기 시작한다

내 마음의 풍경 소리

온종일 봄비가 보이는 것들을 토닥토닥 어르며 내리고 있다. 모두 가만히 엎드려 숨죽인 가운데 비 오는 소리만 정적을 깨며 쉼 없이 내린다. 어떤 소리가 자연의 소리를 뛰어넘을 수 있단 말인가? 베란다 창문 앞에 키다리 소나무는 겨우내 묵은 먼지를 털 듯 겸허하게 서서 비를 맞는다. 그 모습이 왠지 믿음직해 보인다.

비를 보면 내 마음도 한없이 겸허해지고 고요해진다. 내리는 빗방울이 마음에 동그란 동심원을 그리며 안으로, 안으로 퍼져나간다. 이렇게 차분하고 고요하게 살 수는 없을까? 비 앞에 차분해졌던 마음이 오래도록 내 안에 머물면 얼마나 좋을까? 차분해졌나 싶다가도 세상에 발을 들이는 순간 모든 욕망과 잡념들이 다시 쳐들어온다. 버렸다고 생각했는데 어느새 밀물처럼 밀려오는 조각들에 또다시 휘둘리게 된다. 매일매일 살아가면서 고요함 뒤에 오는 것과 싸우고 있다. 버려야 할 마음과 씨름하고 있다. 끝없는 승부가 나지 않는 싸움을 하며 살고 있다.

언젠가 가 본 산중 절에는 은은한 소리를 내는 풍경이 처마에 달려 있었다. 풍경은 가만히 있고 싶어도 바람이 가만두지 않는다. 풍경은 심한 바람에 밤새 물고기로 자기 몸을 때리며 울어야 할 때도 있었다. 풍경은 혼자서는 어떤 소리도 낼 수 없다. 풍경은 혼자 있으면 말 못하는 벙어리가 된다. 내가 여기 있다고 말하려면 쇠 물고기로 몸을 사정없이 때려야 존재를 알릴 수 있다. 바람 없이 여유롭게 있다가도 언제 그랬냐는 듯이 사정없이 얻어맞는다. 그 아픔을 이겨야지만 자신을 찾을 수가 있다. 숱한 바람에 흔들리고 얻어맞았을 때 비로소 은은한 소리를 낼 수 있다.

우리 마음에도 풍경 하나 자리 잡고 살고 있지 않을까? 다 내려놓고 고요하게 살아보려고 하면 세상의 모난 조각들이 사정없이 달려와 마구 두드린다. 그런 시간을 견디고 또 견뎌야 세상 풍파에도 은은한 소리를 내는 사람이 될 수 있다. 살아가는데 혼자서는 살아갈 수 없다. 내가 아름다운 풍경 소리를 내는 데에는 때로는 모진 비바람도 필요하고 모난 조각도 필요하다. 나는 언제 고요해져서 세상을 향해 맑은 마음을 건넬 수 있을까? 비 오는 산사에 풍경은 오늘 나처럼 비를 맞으며 안으로, 안으로 깊어지고 있겠구나.

내 마음의 풍경 소리

내 마음에 혼자 울지 못하는
풍경 하나 살고 있다
소리를 내 보려고 애써도
혼자서는 소리가 나지 않는다

언제인가 비바람이 불던 날
세상의 모난 조각들이
온통 나에게 와서 부딪칠 때
내 마음은 밤새워 울었다
울면서 깨달았다
세상은 혼자 살 수 없다는 것을

내 마음에는 언제 거센 세파에
부딪쳐도 깊은 소리로 울리는
풍경 하나 살게 될까?

멀리서 밤새 우는 풍경소리 들리면
안으로 안으로 깊어지는
내 마음인 줄 알면 된다

머물고 싶은 순간들

봄꽃이 흐드러지게 피고 있다. 저 봄꽃은 작년에도 재작년에도 어김없이 찾아왔고, 기억이 시작된 아득한 시간 속에도 피어 있다. 살아가면서 뒤돌아보면 잊히지 않는 아름다운 시간도 있고 다시는 되돌아가고 싶지 않은 시간도 함께 있다. 그래도 힘들고 지친 시간 속에서 힘을 얻고 살수 있었던 것은 내 생에 가장 빛나고 행복했던 유년 시절이 있어서 가능했다.

얼마나 다행인지 모른다. 내가 아장아장 걸을 때 키 작은 채송화를 제일 먼저 볼 수 있어서 다행이었다. 또 앞산 뒷산에 봄이면 가슴 설레게 피는 꽃을 먼저 볼 수 있어서 다행이었다. 가능하다면 유년의 행복한 기억을 오래오래 투명한 유리 상자에 넣어 기억의 보물창고에 보관하고 싶다. 어떤 삶의 고비에서도 꺼내 볼 수 있는 보물처럼 곱게 간직하며 살고 싶다.

먼저 핀 벚꽃들이 봄비에 꽃잎을 땅에 누이고 있다. 바람에 한 잎 두 잎 떨어지는 꽃잎의 낙화를 보면서 기억의 저편 시간을 뛰어넘어 어느 봄날로 돌아간다. 나에게도 가슴이 쉽게 뜨거워지는 젊은 날이 있었다. 진실이 무엇인지 애타게 찾고 싶은 봄날도 있었다. 꽃이 피는 봄이면 흔들렸던 삶의 진실을 지는 꽃잎 속에서 찾는 날도 있었다. 세월이 이렇게 많이 흘렀는데도 지는 꽃잎을 보면 나도 꽃잎 같았던 그날들이 생생하게 떠오른다. 진실을 찾아 헤매던 그 젊은 날들이.

꽃잎

바람이 분다

눈물 나게 짧았던 부질없던 시간
하얀 손을 흔들며 낙화한다

꽃 같았던 시간은
모두 한순간이라고
꽃잎이 말한다

살아가는 일은 서러운 것이라고
꽃잎이 말한다

삶의 진실은 허무한 것이라고
땅에 누운 꽃잎이 말한다

아름답게 지는 일도 삶이라고
꽃잎이 말한다
꽃잎이 말한다

아프니까 봄이다

봄이 오고 꽃도 피고 날씨도 따뜻해져서 좋은데 자꾸 아는 어르신이 돌아가셨다는 부고가 날아온다. 계절이 바뀌면 나이 든 어르신들은 계절의 변화를 이기지 못해 유명을 달리하는 경우가 종종 있다. 우리 엄마도 그랬으니까. 젊은 사람이야 꽃이 지천이니 마음이 싱숭생숭해서 사랑의 열병을 앓기도 하지만, 나이 든 어른들의 봄은 한 차례 앓고 나서야 맞는 계절이다.

문득 봄에 찬란히 피는 꽃도 겨우내 웅크리고 있다가 꽃을 피우느라 죽음 같은 열병을 치르지 않았을까? 생각해 본다. 꽁꽁 언 땅에 죽을힘을 다해 깨어 있으려고 온 힘을 다 쏟는다. 자신보다 몇백 배 무거운 머리 위에 흙을 뚫고 나오느라 몸살을 앓는다. 꽃이 아름다운 건 그 모진 아픔을 이기고 세상에 자신만의 모습을 드러냈기 때문이다. 꽃씨도 더러는 모진 아픔을 이기지 못하고 생을 마감하여 다시 흙으로 돌아간다.

죽을힘을 다해 핀 꽃을 보면 이 세상에 똑같은 꽃은 없다. 다 자신만의 향기와 빛이 다르다. 화려한 꽃은 화려한 대로 수수한 꽃은 수수한 대로 다 의미가 다르다. 평범하게 피는 꽃에서 인생을 배운다.

사람의 인생도 별반 다르지 않다. 꿈을 이룬 사람을 보면 하루아침에 성공이 하늘에서 뚝 떨어진 사람은 없다. 내가 본 사람 중에 아프지 않고 자신의 꿈을 이룬 사람은 한 사람도 만나본 적이 없다. 성공 뒤에는 눈물로 견뎌야만 했던 숱한 날들이 든든한 성벽이 되어 자신을 우뚝 서게 했던 것이다. 또한 어려움과 고난을 딛고 아프고 넘어지면서 자신만의 길을 묵묵히 갔던 사람이다. 길가에 보잘것없이 핀 꽃이라고 함부로 볼 일이 아니다. 얼마나 아프면서 피운 꽃인데.

저녁에 퇴근하다 보니 앞쪽 아파트 뒤 음지에 분홍빛 꽃을 몇 개 달고 초라하게 서 있는 나무가 보인다. 아파트 뒤쪽이라 처음에는 거기에 꽃나무가 있는 줄도 몰랐다. 꽃도 가지마다 다 핀 게 아니라 어떤 가지는 꽃이 피고 어떤 가지는 아직도 소식이 없다. 그러다 보니 아무도 초라해 보이는 꽃나무에 눈길을 주지 않는다. 매일 그 앞을 지나다니면서도 연분홍 꽃 몇 개가 슬쩍 보이기 전에는 나도 거기에 꽃나무가 있는 줄 몰랐다. '너도 꽃나무였니?' 하고 눈으로 물어본다. 낮은 담 가까이 가서 보니 진달래 같기도 하고 아닌 것 같기도 하다. 그래도 음지에서 모진 겨울을 나고 봄이라고 탐스럽지는 않지만, 최선을 다해 꽃을 피웠다. "그래 꽃피우느라 얼마나 힘들었니. 너도 봄을 맞느라 많이 아팠지? 아프니까 봄이야."라고 혼자 중얼거려 본다.

아프니까 봄이다

모진 겨울 견디고
꽃피느라 얼마나 아팠니?
꽃에 묻는다

산다는 건 아픔이야
그 속에서 꽃피는 거지

우린 모두 아프면서
성숙해지는 거야
기죽지 마!
너는 너의 꽃을 피우면 돼

봄!
너로 인해 우주에
꽃등이 켜지는걸

아픈 만큼 찬란한
봄이 오는 거야

어른이 된다는 것은

내가 어렸을 적 올려다본 어른들은 모두 근사해 보였다. 나도 그 근사한 어른이 빨리 되고 싶었다. 특히 교장 선생님인 아버지는 참 멋져 보였다. 아버지는 강원도 시골 마을의 빼놓을 수 없는 큰 어른이시기도 했으니까. 엄마는 아침마다 얼굴에 곱게 분칠하고 입술도 빨갛게 발라서 예쁜 엄마가 되곤 했다. 엄마의 화장하는 모습이 너무 예뻐 보여서 나도 얼른 어른이 되고 싶었다.

엄마가 없던 날, 살며시 들여다본 엄마의 화장품 바구니는 황홀하리만치 다른 세상이었다. 뚜껑에 예쁜 여자가 그려진 박가분에 빨간 립스틱, 그리고 아기자기한 화장품들이 오밀조밀 모여 있었다. 나는 내친김에 박가분도 뽀얗게 칠해 보고, 엄마의 빨간 립스틱도 발라 보았다. 고소한 엄마 냄새가 밴 스카프도 쓰고, 보자기로 치마를 만들어 두르고, 엄마의 뾰족구두도 신어 보았다. 키는 훌쩍 커져서 하늘에 닿을 듯이 보이고 거울 속에 내 모습은 그럴듯한 아가씨의 모습으로 웃고 있었다. 그렇게 어른들을 흉내 내면서 나는 언제 어른이 되나 기다렸다.

내 아이들도 언제인가 슈퍼에 갔다 오니 두 녀석이 얼굴에 화장품을 다 바르고 웃고 있었다. 내가 어린 시절에 그랬듯이 어른 흉내를 내고 있었다. 우리 아이들도 나처럼 얼른 어른이 되고 싶었던 걸까? 아이들을 보면서 웃음이 절로 났었다.

나의 20대는 매우 암울했었다. 나는 누구이며 나는 어디로 가야 하는지, 나의 정체감도 삶의 방향도 뒤죽박죽이 되어 하루하루가 불안했다. 모든 것이 정해지지 않고 허공에 떠다니는 기분이었다. 어디에도 소속되지 않은 어른도 아이도 아닌 어정쩡한 시대를 사는 불안함은 아마도 20대를 지나온 사람들은 다 알 것이다. 미래를 알지 못하는 불안함에 자주 거리를 서성이었다.

길을 알고 가는 사람은 없다. 언덕 너머에 무엇이 있는지 알지 못하니 더 불안했던 시절이었다. 정말 그때는 자고 일어나면 마흔쯤 되어 있으면 얼마나 좋을까? 생각하며 잠자리에 드는 날이 많았다. 왜 마흔이었을까? 지금 생각해 보면 마흔쯤이면 직장도 가지고 있을 것 같고, 좋은 사람 만나서 결혼도 하고, 아이도 있을 것 같아서 아마 그랬을 것 같다. 그냥 세월이 훌쩍 지나 모든 것이 선명해지고 싶었던 마음이었을 것이다. 마흔은 불혹이라고 하지 않는가. 세상사에 이리저리 흔들리지 않고 안정을 찾아가는 때 아닌가? 그래서 얼른 마흔이 되고 싶었는지도 모른다.

지금 와 생각하면 젊은 시절은 아무것도 없어도 그냥 존재 자체로 빛이 나는 청춘이었는데 그때는 몰랐다. 어른들이 "좋은 때다."라고 하던 말이 무슨 말인지 몰랐다. 어른은 시간이 지난다고 되는 게 아니라는 것을 요즘 새삼 깨닫는다. 살면 살수록 진정한 어른이 되기가 힘들다는 것도 알게 되었다. 육신은 나이를 먹어 가는데 마음속 늙어 가지 않는 욕심이나 아집은 날이 갈수록 새록새록 더해 간다. 또 살아가면서 그 나이가 되어야만 배우게 되는 지혜들이 자꾸 눈에 보인다. 아! 어른은 나이를 먹는다고, 훌쩍 키가 큰다고 되는 것이 아니었구나. 이제야 뒤늦게 깨닫는다.

아마도 우리는 이 세상 다하는 날까지 어른이 되어 가는 연습을 하며 살아가는지도 모른다. 어른은 때로 나를 숨기고 참을 줄도 알아야 하고, 다른 사람의 삶도 책임져야 하는 막중한 과제를 떠안기도 한다. 지금 생각하면 철없던 어린 시절이 제일 행복했던 시절이었다. 서둘러 어른이 되지 않아도 되는데 왜? 그리 어른이 빨리 되고 싶었던지. 나는 오늘도 어른이 되어 가는 연습 중이다. 내일은 또 어른으로서 배워야 할 무엇인가가 기다리고 있을지 모를 일이다. 삶은 진정한 어른이 되어 가는 긴 여정인 것 같다. 나는 오늘도 어른이 되기 위한 진행형의 삶을 살고 있다.

어른이 된다는 것은

엄마의 박가 분칠하고
입술에는 빨간 립스틱

엄마의 뾰족구두 신고
어른이 되고 싶었던 날

그러면 어른이 되는 줄 알았다

나는 누구일까?
혼돈의 청춘을 지나서
어른이 되었다

어른은
키가 크다고 되는 게 아니었구나
어른은
눈물도 삼킬 줄 알아야 하고
아파도 아프다고 말하면 안 되는 거였구나
어른도 청춘만큼 아픈 거였구나

오늘도 아프면서
어른이 되기 위해
살아간다

아픈 만큼 진정한
어른이 되어 간다

알맹이가 만드는 세상

　나는 내가 그냥 '나'라는 것을 불혹의 나이가 되어서 깨달았다. 다른 사람과 비교하면서 나는 왜 이것도 못 하고 저것도 못 할까? 또, 다른 사람은 가진 것도 많은데 나는 왜 이렇게 가진 것이 없을까?'라고 생각하며 살았다. 그러다 보니 참, 삶이 버겁고 힘들었다. 나를 들여다보기 시작하면서 나도 가진 것이 많은 사람이라는 것을 알게 되었다. 불혹의 나이였지만 내 힘으로 공부해서 꿈도 이루었다. 또 부모님께서 다른 사람보다 감동할 수 있는 감성도 듬뿍 주셨다는 것을 알게 되었다. 그것이 다른 사람과 다른 '감성'이라는 알맹이인 것을 나중에 알게 되었다. 나를 알게 되면서 세상이 달라 보이고 마음이 뿌듯해졌다. 그동안 나는 그냥 나니까 소중한 것을 알지 못하고 살았다.

　사람들은 각자 그 사람만의 알맹이를 가지고 태어난다. 왜? 나와 다르냐고 해 봐야 아무 소용이 없다. 각자 타고난 알맹이가 처음부터 다른걸. 모양도 다르고, 색깔도 다르고, 향기도 다르다. 다른 사람의 알맹이 본질을 이해하기가 그리 쉬운가. 자신만이 자신을 제일 잘 아는걸. 누구나 가지고 있는 알맹이의 아름다움은 보통 사람 속에서 빛난다. 돈이 많다고 빛나는 것도 아니고 잘난 사람에게서 나오는 것도 아니다. 그냥 보통 사람이면 다 가지고 있다. 나처럼 다른 사람을 보느냐 정작 자신은 못 보기 때문에 알아차리지 못하는 것이다.

누구는 그림을 잘 그리고, 누구는 하모니카를 잘 불고, 또 다른 이는 뜀박질을 잘한다. 이런 옹골찬 알맹이들이 모여서 아름다운 세상이 된다. 비바람에 꺾이기도 하고, 뭇사람의 발에 채기도 하면서 더 단단하게 자신의 알맹이를 키워나가는 거다.

꽃들도 그렇다. 키 작은 채송화를 키다리 해바라기가 이해할 수 있을까? 한 번도 채송화였을 적이 없으면서 채송화를 안다고 "너는 왜, 키가 작으냐?"라고 해 봐야 아무 소용없다. 채송화는 채송화지 해바라기가 될 수 없다. 그냥 채송화는 채송화고 해바라기는 해바라기다. 보이지 않을 정도로 작은 채송화 씨도 보드라운 흙에 안기면, 기적처럼 또 채송화를 만들어 낸다. 채송화만이 가지고 있는 알맹이의 힘이다. 다름은 인정하고 살아야 편하다. 또 다 같은 알맹이라면 이 세상은 얼마나 재미없는 세상이 될 것인가. 영희도 있고 철수도 있고 나도 있다. 서로 다른 알맹이들이 만나서 만드는 세상이라 아름다운 것이다.

알맹이가 만드는 세상

키 작은 채송화는 채송화이고
키 큰 해바라기는 해바라기다

채송화는 땅이 더 가까운 곳에
난쟁이 꽃을 피우고
해바라기는 하늘 가까운 곳에
키다리 꽃을 피운다

세상은 영희도 있고 철수도 있고
`나`도 있다
다 다른 알맹이를 품고 산다

다른 알맹이와 알맹이가 만나서
아름다운 세상
그 세상에 나도
'나'라는 알맹이로 살아서 좋다

살아가는 길

몇 년 전에 남쪽 지방에 있는 산에 등산을 간 적이 있다. 산이 하나가 아니고 다 왔나 싶으면 앞에 또 다른 산이 나타났다. 또 다 왔나 싶으면 다른 산이 앞을 가로막았다. 나는 웬만하면 산에 오를 때면 끝까지 올라간다. 올라가다 그냥 내려오면 내가 못 본 곳이 궁금해서 끝까지 올라간다. 기를 쓰고 올라가는 나를 보고 어떤 분이 그랬다. 올라가면 다시 내려올 것을 뭘 그리 애쓰고 올라가느냐고. 그도 맞는 말이긴 한데 그러면 뭐 하러 등산을 오나?

작은 산에 올라가니 더 큰 산이 앞에 놓여 있었다. 그 산에 올라가니 요번에는 커다란 바위산이 앞을 가로막는다. 마지막에는 네발로 기어서 올라갔다. 올라가서 허리를 펴는 순간, 앞쪽으로 내가 올라온 산의 아름다운 능선이 굽이굽이 물결로 다가왔다. 뒤를 돌아보니 녹색 비단 같은 강이 양옆의 들꽃들과 어우러져 장관을 이루고 있었다. 무릉도원이 따로 있는 것이 아니었다. 나도 몰래 너무 아름다워서 아! 아! 하고 탄성이 저절로 나왔다. 힘들어도 올라오길 너무 잘했다는 생각이 들었다. 산 정상 바위에 걸터앉아 멀리 흘러가는 강을 바라보며 나의 살아온 길도 돌아보았다.

산에 오르는 길만큼 나의 삶도 산도 넘고 물도 건너 험하다면 험한 길을 걸어왔다. 과연 내가 살아온 길도 이 산처럼 꽃도 있고 강도 있고 아름다웠을까? 하는 생각이 들었다. 또 나는 나의 길을 얼마나 아름답게 가꾸면서 걸어왔을까? 아무도 "이렇게 살아라! 저렇게 살아라!"라고 말한 적이 없고 어디로 가라고 가르쳐 준 적도 없다. 살아온 날을 생각해 보면 길가의 꽃도 흘러가는 강도 보지 못하고 허겁지겁 살아왔다. 살아오면서 길가에 핀 꽃을 본 기억이 없다. 그도 그럴 것이 때로는 두 발이 모자라 네 발로 기어가면서 걸어온 길이니까.

나는 어디서 와서 어디로 가는지 모른다. 하지만 나의 삶이 끝나는 곳에서 내가 걸어온 길을 돌아다보았을 때, 아름다운 꽃도, 소리 없이 흐르는 강도 잘 보면서 걸어왔다는 생각이 들면 좋겠다.

등산을 다녀온 후, 살아가는 일이 버겁고 힘들어질 때면 나는 명상하며 그 산에 자주 갔다. 우리는 힘들지만, 올라가야만 보이는 것들이 있기에 기를 쓰고 살아가는 것이 아닌지 모르겠다. 아무도 가르쳐 주지 않는 살아가는 길, 걸어가면서 많이 고단하고 눈물 날 때 쓴 시다.

살아가는 길

세상은 정해진 길도 없고
목적지도 없다

아무도 이렇게 살아라!
저렇게 살아라!
말하지 않는다

아프다고 말해도 듣는 사람도
슬프다고 울어도
울지 말라는 사람도 없다

하지만 내가 그랬다
울면 안 된다고
아프다고 말하면 안 된다고
나에게 짐을 지우며 살았다

아! 그래서 그랬구나
하늘을 봐도 눈물이 나고
꽃을 봐도 눈물이 났구나

나는 몰랐다
살아가는 일이 눈물이고 아픔인 것을
살아가는 일이 삶의 전부인 것을

늦게 피는 꽃

계양산 갔을 때도, 소래산 갔을 때도 봄이 가고 가을이 오는데 철모르고 핀 진달래가 있었다. 다른 나무들은 겨울을 준비하는데 진달래는 가을이 봄인 줄 알고 꽃을 피웠다. 봄에 피든 가을에 피든 꽃은 꽃이다. 혼자 늦은 계절에 꽃피우느라 얼마나 애썼을까? 진달래를 보면서 내 모습을 본다.

나도 아주 늦은 나이에 피는 꽃이었다. 좋은 시절 다 지나고 남들이 열매를 맺을 때쯤 꿈을 찾았으니까. 나도 철 지난 늦은 나이에 꽃을 피우려고 얼마나 애썼는지 모른다. 그래서 늦게 피는 꽃의 아픔을 누구보다 잘 안다. 늦게 피던, 일찍 피던 꽃은 꽃이다. 아름답고 귀한 꽃이다. 내가 만난 진달래는 꼭 한 송이씩 피어 있었다. 혼자 피어 있는 진달래가 외로워 보였다. 꽃은 모여 바람에 흔들릴 때 더 아름다운데 말이다. 하지만 혼자 피는 꽃도 알아보면 다 사연이 있다. 그냥 기다려 주는 시간이 필요하다.

늦게 피는 꽃은 또 있었다. 꽃이 다 진 풀숲 사이에 노란 얼굴을 내밀고 있다. 꽃 주위에 포근한 마른 풀들이 꽃을 감싸고 있다. 그 작은 얼굴이 잿빛 풀들에 싸여 더 아름다워 보였다. 오늘 꽃 주위에 마른 풀들은 꽃을 돋보이게 하는 배경이다. 봄에 받을 수 없는 늦게 피는 꽃이 누리는 호강이다. 꽃은 늦게 피어도 전혀 기죽지 않는다. 그 맑은 얼굴이 마음을 따뜻하게 한다.

아주 늦게 자신의 꿈을 찾아 꽃피운 사람은 외국에도 있었다. 얼마 전 유튜브에서 마틴 허켄즈(Martin Hukens)가 부르는 〈유 레이즈 미 업 (You raise me up)〉이란 동영상을 보고 마음이 뭉클했다. 이 사람은 어려서 오페라 가수가 되는 것이 꿈이었다고 한다. 집안이 몰락하면서 35년 동안 빵을 구우며 살아온 사람이다. 늦은 나이에 빵을 굽는 곳에서도 실직당하고 먹고살기 위해 거리로 나서서 자신의 노래를 하기 시작했다. 그리고 57세에 〈홀랜드 갓 탤런트〉에서 우승하면서 자신의 꿈을 이룬 사람이다. 인생은 예기치 않은 곳에서 전환점이 되는 경우가 종종 있다. 이 사람도 실직하지 않았다면 자신의 꿈을 찾지 못했을 것이다. 그러고 보면 인생을 너무 낙관적으로 볼 필요도 또 비관적으로 볼 필요도 없는 것 같다. 언제 어디서든 오늘을 잘 살아내는 것이 인생을 잘 살아가는 방법이 아닐까?

늦게 피는 꽃

철모르고 피었다고
나무라지 마세요
언제 피우든 꽃은 꽃이니까요

꽃은 아프면서 핀다
불어오는 바람 속에 핀다
흔들려봐 세상이 달라 보여

빨리 피려고 애쓰지 마!
너만의 꽃을 피우면 돼

혼자 핀다고 기죽지 마!
네 속에 우주가 다 들어 있는걸

깨진 항아리 조각

막냇동생이 선물로 주고 간 다육이와 돌나물은 베란다 창가에서 하루가 다르게 자라고 있다. 돌나물은 화분이 좁은지 화분 밖으로 손을 뻗기 시작했다. 줄기 끝에 노란 별 같은 꽃들이 하나, 둘 피기 시작했다. 어쩜 이렇게 별을 닮았을까? 하늘에서 별이 내려와 줄기 끝에 매달린 것 같았다.

다른 화분에 사는 다육이는 오글오글 모여서 자라더니 좁아서 어쩔 줄 모른다. 넓은 땅에 심어 줘야 하는데 베란다를 볼 때마다 마음이 짠했다. 아파트 일 층 화단에는 종종 이사 가면서 버리고 가는 화분들이 주인을 잃고 나뒹굴고 있었다. 어떤 사람은 화초는 쑥 뽑아 버리고 빈 화분만 들고 간다. 어느 날은 버림받은 화초가 가여워서 아파트 화단에 잘 살라고 심어 준 적도 있다. 하찮은 식물이라도 생명은 귀한 것인데 말이다.

오늘은 화단 구석에 깨져버린 항아리 조각을 주어다 다육이를 분갈이 했다. 오밀조밀 다육이가 들어앉으니 항아리 조각과 어울려 그럴듯한 다육이 화분이 되었다. 화분을 둘로 나누니 좁아서 어쩔 줄 모르던 다육이가 넉넉해졌다. 앞으로 잘 자라라고 화분에 여백을 조금 남겨 두었다. 한참을 땀을 흘리며 다육이 분갈이를 하고, 다른 화분도 시간 내서 돌봐 주었다. 베란다를 내다보니 마음이 뿌듯했다. 나만의 베란다 정원이 풍성해졌다.

요즘은 물건이 넘쳐난다. 조금 깨어지고 흠집이 나면 모두 내다 버린다. 오늘 깨진 항아리 조각은 깨졌어도 훌륭한 다육이의 집이 되어 주었다. 역할을 정해 주니 제 몫을 톡톡히 해낸다. 정호승 시인의 『항아리』라는 글에는 오줌독이 되어 오랜 시간을 기다리는 항아리가 나온다. 오줌독이 되어 오랜 시간을 기다린 끝에 절 범종 밑에 묻히게 된다. 그리고 마침내 종소리를 몸 가득 품고 있다가 숨을 토하듯 맑고 고운 종소리를 내는 항아리로 거듭난다.

사람도 그렇지 않을까? 세상살이에서 실패하거나 잘살아 가지 못한다고 생각하면 아무도 눈길을 주지 않는다. 팍팍한 세상 살아가면서 한두 번 넘어져 보지 않은 사람이 어디 있다고. 믿어 주고 기다려 주면 아픈 상처를 딛고 다시 일어나 제자리를 찾아 살아갈 텐데 말이다. 세상을 살아가기가 어디 쉬운 일인가? 때로는 사람에 치여 넘어지기도 하고, 사람으로 상처를 입기도 한다. 사람으로 생긴 상처는 사람으로 치유해야 하는데, 살다 보면 사람과의 관계가 녹록지 않다.

한번 실패했다고 깨진 항아리 취급을 당하고 살 때도 있다. 기회가 되면 다시 사람들과 어울려 잘 살아갈 수 있는데 말이다. 오늘 항아리 조각은 나를 만나려고 먼지 나는 화단 구석에서 오랜 시간 기다리고 있었나 보다. 하찮은 것도 누구를 만나 어떻게 쓰이느냐에 따라 쓰임이 확 달라진다. 사람도 자신을 알아봐 주고 믿어 주는 한 사람만 있어도 인생을 살아갈 힘을 얻는다고 하지 않는가. 의미 없는 삶은 없다. 물건이든 사람이든 의미를 주면 다시 새 삶이 시작된다. 혹시 나도 누군가를 깨진 항아리 취급하고 살아가고 있지는 않은지 나를 돌아본다. 바람에 흔들리는 다육이가 기분 좋게 웃고 있는 저녁이다.

나의 자리는 어디에

2월도 중순, 설 연휴도 다 끝나 간다. 설 연휴 내내 손이 아파서 음식도 별로 하지 못했다. 다만 이것저것 치우다 보니 정리하느라 하루가 분주했다. 빨래도 빨아서 제자리에 넣어야 하고, 쓰지 않던 그릇이 나와 있는 것도 제자리에 다 넣어야 했다. 제자리에 있지 않으면 물건 찾아 삼만리, 온 집안을 다 뒤진 기억이 있다. 제자리에 두지 않으면 잘 두고도 쓰려고 찾으면 없는 경우가 종종 있었다. 그래서 항상 둔 자리에 두는 것이 습관이 되었다.

물건의 제자리를 찾아 주다 문득, 내 자리는 어디인가? 나는 내 자리에서 내 역할을 다하고 있는 건가? 하는 생각이 들었다. 그러고 보니 나의 역할도 내 자리도 한 개는 아니다.
우선 부모님의 딸로서 부모님께 효도하면서 살았는지.
아이들의 부모로서 내 역할을 잘하고 살고 있는지.
직장에서는 다른 사람을 배려하며 분수를 잘 지키며 살고 있는지.

다른 사람의 이웃으로서 불편을 주지 않고 살고 있는지.

형제자매 사이에 우애 있게 내 역할을 잘하고 살고 있는지.

생각해 보니 나는 다른 사람이 어려울 때 찾아올 수 있는 도움이 되는 삶을 살지는 못한 것 같다.

역 앞에 못 보던 걸인 할아버지가 며칠 전부터 보이기 시작했다. 옷도 깨끗하고 얼굴도 환하다. 할아버지는 역 에스컬레이터 바로 올라가기 전에 있어서, 많은 사람에 묻히다 보니 지나쳐 온 다음에야 알아차린다. 몇 번을 도와 드려야지 하다 그냥 지나쳐 왔다. 그러다 할아버지의 자리는 어디였는데 지금 찬바람 부는 거리에 서 있는 걸까? 하는 의문이 들었다.

사람이나 물건이나 있을 자리에 있어야 자연스러운데 살다 보면 내 자리가 아닌 자리에 설 때가 있다. 그럴 때면 서 있는 사람이나 보는 사람이나 마음이 불편하다. 아침이면 전철역 안 의자에 누워서 자는 초등학교 오, 육학년쯤 될까 하는 소년이 있었다. 밖은 영하의 추위인데 소년은 여름 반바지에 허름한 슬리퍼를 신고 있었다. 빈곤이 덕지덕지 붙은 얼굴로 새우처럼 등을 구부리고, 사람들이 바삐 오가는 전철역 의자에서 자고 있었다. 매일 아침 곤하게 자는 소년을 보니 마음이 아주 아팠다. 따뜻한 그 소년의 자리가 어딘가에 분명히 있을 건데 무슨 사연으로 바람 부는 거리에서 부대끼는 삶을 살아가는지. 부모님이 애타게 찾고 있는 건 아닌지, 아침마다 그 소년을 볼 때면 생각이 많아졌다.

어떤 날은 나이가 많은 아저씨와 함께 자는 날도 있었다. 소년을 위해 신고를 해야 하나 말아야 하나 별생각을 다 했다. 일단 따뜻하게 자게 하고 싶었다. 집에서 큰 무릎 담요를 가져다 자는 아이에게 덮어 주었다. 잠시라도 따뜻하게 잠자라고. 그날 이후 아침마다 보이던 그 소년은 보이지 않았다. 아직 앞길이 창창한 아인데 좋지 않은 길로 들어서면 어쩌나 하는 생각에 마음이 심란했었다. 이제는 제자리로 찾아갔기를 바라는 마음이다.

제자리가 아닌 곳에서 서성이는 사람의 모습은 우리 마음을 아프게 한다. 꽃은 진 자리에서 또 그 꽃이 핀다. 또 꽃은 남의 자리를 넘보지도 않고 다른 꽃의 화려함도 탐내지 않는다. 모두 대단하지는 않지만 지금 자신의 자리에서 대단하지 않은 자리를 잘 지키고 살아가는 것이 행복이 아닐까.

내 자리는 어디에

내 자리는 어디였던가?

화려한 꽃자리를 찾아
바람 부는 거리를 헤매기도 하고
한때는 내리는 소낙비에
영혼이 다 젖어 초라할 때도 있었다

내 자리를 찾아 돌아 돌아 도착한 곳
지금 여기 내 자리가 나의 꽃자리였음을

꽃은 꽃잎 진 자리에 또 그 꽃이 핀다
남의 자리 넘볼 줄도 모르고
그냥 그 자리가 꽃자리인 줄 알고 산다

내가 나고 걸어온 자리
그 자리가 내 꽃자리였음을
이제야 깨닫는다

나는 내 삶의 주인공

춘의역 6번 출구 버스정류장에 내 시가 붙었다. 저번에 짧은 시 공모한 것이 그림과 함께 게시되었다고 담당자가 친절하게 연락을 주었다. 퇴근 후 버스를 타고 춘의역 6번 출구 내 시가 붙어 있는 곳에 갔다. 춘의역 사거리 한쪽 편에 있는 정류소다. 나는 내 '시'를 그윽한 눈으로 바라보고 사진도 찍었는데 사람들은 본체만체다. 모두 내 삶의 주인공이 되기 위해 총총걸음으로 버스를 타고 사라진다. 사람들이 다 떠난 횅한 정류소에 서서 나는 내 삶의 주인공으로 살아온 걸까? 나 자신에게 물어보았다. 내 기억 저편에 있던 어두운 구석에서 반짝하며 불이 켜진다.

나도 내가 나인지 모르고 살아온 세월이 있었다. 내가 '나'가 아니었으면 얼마나 좋을까? 나는 왜, 하필이면 나로 태어나 이 시련을 겪고 있는 것일까? 뒤죽박죽 내가 나를 알아보지 못하고 살았다. 사는 게 너무 힘들어서 자고 일어나면 나 아닌 다른 사람이 되어 있었으면 하는 죽음 같은 시간도 있었다. 지금 와 생각해 보니 그 어둡고 외로운 시간을 버티고 살아냈기에 오늘에 내가 있는 것을 발견한다. 지금도 그 옛날에도 나는 내 삶의 주인공이었다. 예전이나 지금이나 똑같은 나였는데 연극 무대 배경이 좀 마음에 들지 않는다고 투정하고 있었다. 비극이든 희극이든 나는 내 인생의 무대에서 열심히 사는 주연 배우였다.

지금은 좌절하지 않고 어두운 터널을 누구보다 잘 통과한 나에게 잘했다고 칭찬하고 싶다. 인생이 어찌 달콤한 맛만 있던가. 인생의 단맛보다는 쓰디쓴 맛을 다 보고 살아온 기분이다. 하지만 지금은 잘살고 있는데, 너무 잘살고 있는데 울컥 눈물이 날 때가 있다. 정류장에서 올려다본 가을 하늘이 가슴이 시리도록 파랗다. 살아 있다는 존재감이 파란 하늘에서 가슴 가득 벅차게 다가온다.

바람 부는 정류장에 자식 같은 낙엽을 떨구며 서 있는 나무들의 이별을 본다. 나무들은 낙엽에 너를 사랑한다고, 잊지 않겠다고 고운 옷 한 벌 입혀서 보내는 것 같다. 어찌 이별인데 이리 고운지 낙엽만 봐도 또 가슴이 울컥한다. 나 잘살고 있는데 너무 잘살고 있는데 왜 눈물이 나는 걸까? 아! 10월이었구나. 어느새 가을이 내 감성의 심지에 불을 지핀 것을 잊고 있었다.

눈물이 나서 행복한 거였구나. 눈물을 흘릴 수 있어서 행복한 거였구나. 가을은 모든 것이 명료해지는 계절이다. 내가 살아 있음도, 내가 나였음도 또렷이 보여주는 계절이다. 나는 내 삶의 주인공이어서 행복하다.

나는 내 삶의 주인공

춘의역 6번 출구에
내 시가 있다
나는 내 삶의 주인공이란다

나도 내가 나를 부정하고
산 세월이 있었다
바람 부는 가지 끝에
홀로 부대끼는 깃발 같은
때가 있었다

어둠을 지나온 사람만이
빛의 찬란함을 알게 된다

깃대 끝에 서본 사람만이
키 작은 민들레가 살아가는
세상을 본다

삶은 희극이던, 비극이던
모두가 살아낸 한 편의 드라마다

춘의역 6번 출구에 내
시가 있다
삶을 잘 견뎌온 한 여자가
주인공인 시가 있다

국화 옆에서

가을이 오면 서정주 시인의 「국화 옆에서」란 시가 생각난다.

"한 송이의 국화꽃을 피우기 위해
봄부터 소쩍새는 그렇게 울었나 보다."

봄부터 비와 바람과 모든 자연이 한 송이 국화를 피우기 위해 모두 동참한다. 그렇게 모두의 시간을 오롯이 견뎌야 한 송이 꽃이 핀다. 비도 견디고 모진 바람에 흔들리기도 하면서 꽃 한 송이를 피우는 거다. 국화 한 송이를 피우는 일은 우주를 피우는 일이다. 아무리 작은 꽃이라도 그 안에 우주가 다 들어 있다. 연약한 꽃이라고 함부로 볼 일이 아니다.

사람의 모습도 똑같다. 우리도 살아가기 위해 얼마나 애쓰는가? 한 사람의 꽃을 피우기 위해 많은 사람이 알게 모르게 도움의 손길을 보낸다. 세파에 흔들리고 바람에 꺾이기도 하면서 언젠가는 당당하게 가슴 따뜻한 자신의 꽃을 피운다. 그래서 사람을 닮은 늦가을에 피는 국화가 더 친근해 보이는지도 모른다.

낙엽이 지고 바람이 불고 가을이 깊어 가는 우리 동네에도 어김없이 국화꽃은 와 있었다. 비밀의 정원의 국화는 일찍 피어 고고한 자태를 뽐내더니 이제 생기를 잃었다. 그 모습이 우리 인생 모습 같아 마음이 애잔하다.

꽃집 앞의 국화는 이제야 화사한 꽃을 피우며 손님을 맞고 있다. 꽃집이 더 근사해 보인다. 코로나로 문을 닫았던 점포 앞에서 묵묵히 가게를 지키고 있던 흰 국화는 이제 주인이 돌아와 늦게 꽃피기 시작했다. 그 모습이 눈물 나게 대견하다. 우리 동네 유튜브 스타가 하는 건어물 가게 앞에도 소박한 국화가 가게를 지키고 있다. 소박한 모습이 유튜브 스타를 닮았다. 카페 앞의 국화는 손님맞이에 한창이다. 색색의 국화가 커피 향과 어울려 이곳만큼 가을이 아름다운 곳이 또 있을까 싶다. 나도 국화 옆에 앉아 향기 짙은 커피를 마시며 가을을 즐기고 싶어진다.

내 누이를 닮은 꽃, 아니 내 동생, 아니 우리 엄마 같은 꽃. 엄마는 꽃을 무척 좋아하셨다. 살아생전 집에 가면 집이 온통 꽃으로 둘러싸여 있었다. 오늘도 사진 속 엄마는 노란 국화를 들고 웃고 계신다. 국화는 엄마를 닮은 꽃이기도 하다. 엄마는 모진 세월 이겨내고 가을에 핀 한 송이 국화꽃이었다. 그래서 더 국화꽃을 보면 엄마가 그리워진다. 언니는 얼마 전 엄마 산소에 가면서 노란 국화 한 다발을 선물했다. 엄마가 보고 얼마나 좋아하셨을까? 쓸쓸해지는 계절 국화꽃 너마저 없었다면 계절은 얼마나 더 황량했으랴. 가슴 따뜻해지는 국화를 보며 오늘도 위로받는다. 국화꽃 속에 가을이 수줍게 웃고 있다.

국화 옆에서

너는 우리 엄마 닮았다
우리 엄마는 지금 하늘에 계셔
그래서 너를 엄마 보듯 본다

너도 우리 엄마처럼 피느라 힘들었니?
우리 엄마도 모진 세월 견뎌내고 꽃이 되었지
그래서 엄마 닮은 너를 엄마 보듯 본다

쓸쓸한 가을
너마저 없었다면 얼마나 황량했을까?
엄마 없는 가을
엄마 보듯 너 보며 계절을 건넌다

哀애

꽃이 지는 일도 삶이다

제주도 못 가 본 여자

아들이 제주도 여행을 갔다가 오늘 돌아왔다. 여행이 좋기는 좋은가 보다. 아들은 전보다 훨씬 얼굴이 환해졌고 말도 나긋나긋해졌다. 오랜만에 저녁을 같이 먹으면서 여행 갔다 온 이야기를 도란도란했다. 참 오랜만에 가져 보는 시간이다. 아들이나 나나 바쁘다 보니 밥 한 끼 같이 먹을 시간이 드물다.

아들은 어디를 가면 집에 연락을 안 한다. 요번에도 동생에게는 사진을 찍어 보내고 했으면서 엄마에게는 문자 하나 없었다. 원래 그랬으니까 뭐 서운하지도 않다. 밥을 먹으며 "재미있게 놀다 왔느냐, 그런데 문자도 없더라."라고 이야기를 했다. 아들이 생각지도 못한 대답을 해서 깜짝 놀랐다. 엄마가 연락이 없어서 자신도 안 했단다. 아, 또 둘이 똑같이 연락이 오나 기다리고 있었구나. 그 엄마에 그 아들이다. 연락이 안 오면 내가 먼저 하면 되지, 그 간단한 것을 뭘 기다렸는지 모르겠다. 내가 다른 엄마보다 쿨한 건지 관심이 없는 건지 모르겠다.

아들은 초겨울이면 제주도에 여행을 간다. 작년에도 갔다 오면서 사온 선물이 거실 한쪽에 있다. 아들은 여행 가면 연락은 안 하는 녀석이 선물은 꼭 사 온다. 여행 갔다 사 온 제주도 선물이 두 개가 되었다. 바다 냄새가 비릿하게 나는 것 같은 선물 속 제주도는 환상의 섬처럼 빛나고 있다.

나는 제주도를 가 보지 못했다. 그래서 사람들이 제주도 이야기를 하면 나는 가만히 듣고만 있다. 외국도 아니고 그 흔하게 가는 제주도를 못 가 본 여자기 때문이다. 아이들을 키울 때는 아이들이 어려서 못 가고, 가 보려고 하니 남편이 아파서 가지 못했다. 이래저래 시간을 놓치고 이제 혼자 가려고 하니, 외국 가는 것처럼 마음이 편치 않다. 그래서 제주도는 아직 나에게는 가 보아야 할 환상의 섬으로 남아 있다.

아들이 여행 갔다 와서 제주도에는 한 달씩 빌려주는 집도 많다고 한다. 처음 듣는 구미가 당기는 말이어서 자세히 물어봤다. 제주도는 여행 삼아 한 달씩 살고 가는 사람이 많아서 그렇게 지어진 집이 있다고 했다. 아들은 비용도 그렇게 비싸지 않다고 말했다. 혼자 갔다 온 것이 미안한지 아들은 다음에 엄마가 제주도에 가면 비행기 삯은 자신이 대 준단다. 그 소리를 듣자 잠자던 감성이 발동을 걸었다. 바닷가 파도 소리가 들리는 창 넓은 집에서 책도 읽고 글도 쓰면서 한가롭게 사는 내 모습이 눈앞에 그려졌다. 아들의 말을 듣고 금방 꿈이 하나 생겼다. 퇴직하면 꼭 제주도 가서 한 달살이 해 봐야지.

집은 되도록 창이 넓어서 파란 바다가 언제든지 보이는 곳이면 좋겠다. 아침에는 늦잠을 자고 파도 소리를 들으며 일어나 차도 마시고 산책도 즐기며 그렇게 살아볼 것이다. 또 배낭을 꾸려서 한라산도 오르고 제주도 구석구석을 버스도 타고 걷기도 하면서 여행할 것이다. 저녁에는 등불 아래서 여행한 곳을 생생하게 글도 쓰고, 시도 쓰면 좋을 것 같다. 제주도 바닷가와 들에서 주워 온 아름다운 이야기와 시를 곱게 한 다발로 묶어서 산문집을 만들어도 좋을 것 같다.

제주도도 못 가 본 조금은 불쌍한 여자에서 제주도에 한 달 여행 갈 여자로 생각을 바꾸니 이렇게 행복할 수가 없다. 조금은 철없는 생각일까? 그러면 어떤가. 한평생 열심히 산 나는 그런 선물 받을 자격이 충분히 된다. 이제 한 달간 제주도 여행을 위하여 적금도 조금씩 붓고, 제주도에 가서 살면서 할 일도 적어 봐야겠다. 사람이 참 간사하다. 이렇게 생각을 180도로 뒤집으니 불행했다고 생각한 것이 행복이 된다.

제주도를 가 보지 않고 아껴두기를 참 잘했다.

제주도 못 가 본 여자

남쪽 끝 깊고 푸른 섬 제주도
바람이 놀다 먼 길 떠나는 섬

파도가 미련 없이 밀려와
하얀 레이스 거품처럼 부서지는 곳
그곳에 가련다

온종일 웃고 서 있는
돌 하루방에게 인사도 건네고
다리 휘청거리도록
한라산도 오를 것이다

아침이면 창 넓은 창가에서
차를 마시고
저녁이면 바닷가 언덕에 앉아
연분홍으로 스러지는
황혼을 볼 것이다

제주도는
제주도에 한 번도 못 가 본 여자의
마지막 환상의 섬이다

빨간 전화기

우리 집에는 오래된 빨간 전화기가 있다. 요즘은 찾아오는 손님도 없는데 거실 한편에 얌전히 자리를 지키고 있다. 이 전화기는 엄마가 돌아가시기 전에는 엄마 전용 전화기였다. 엄마는 핸드폰을 별로 좋아하지 않았다. 그도 그럴 것이 전자 기기는 생전 만져 보지 못한 어머니는 핸드폰이 버거웠을 것 같다. 어머니가 성당에 갈 때 핸드폰은 미사 도중에 소리가 날까 봐 아예 따라가지를 못하고 집에서 기다려야만 했다. 신부님이 미사 도중에 핸드폰이 울리지 않도록 하라고 말했기 때문이다. 핸드폰 조작이 어려운 어머니는 아예 핸드폰을 성당에 들고 가지 않았다. 엄마가 성당에 가는 날은 온전히 예수님과 통하는 날이었고, 우리와는 온종일 불통인 날이었다. 예수님 보시기에 어린아이 같은 엄마가 참 예뻤을 것 같다.

엄마는 우리 집에 전화할 때면 어머니 전용 빨간 전화로 전화하시곤 했다. 저녁 하다 빨간 전화기가 울리면 "와, 엄마다!" 볼 것도 따질 것도 없이 우리 엄마였다. 전화기 너머 엄마의 목소리는 "밥 먹었냐? 어디 아 픈 데는 없어?" 엄마의 전화 레퍼토리는 매일 똑같았다. 딸이 나이를 먹 어서 엄마가 되어도 우리 엄마에겐 밥이 제일 중요하고, 아프지 않은 게 제일이었다. 엄마가 돌아가셔서 이제는 빨간 전화로 엄마의 전화를 받을 수 없다. 빨간 전화기를 볼 때마다 평범한 일상이었던 엄마와의 통화가 그리워진다.

어머니가 돌아가시고 그 빨간 전화기의 전용 주인이 바뀌었다. 남편도 나이를 먹더니 핸드폰을 좋아하지 않았다. 불편하지도 않은지 빨간 전화 기를 애용했다. 요즘 누가 전화기로 전화하는가. 카톡으로 문자 보내는 법을 알려 주어도 처음에는 연습을 몇 번 하더니 곧바로 시큰둥해졌다. 며칠 전에 빨간 전화기 벨이 울렸다. 가슴이 설레며 뛰어가서 받았더니 딸이다. "엄마 왜 연락이 안 돼요?" 순간 빨간 전화기의 주인은 나로 바 뀌었다는 걸 알게 되었다.

나도 핸드폰을 별로 좋아하지 않는다. 책을 읽거나 컴퓨터 작업을 할 때 면 내 핸드폰은 내 생각 밖으로 한참을 밀려나 있다. 소리도 시끄럽다고 무음으로 해 놓을 때가 많다. 몇 시간 지나고 구석에서 핸드폰을 찾으면 전화가 몇 통씩, 카톡도 잔뜩 와 있다. 그럴 때 빨간 전화기가 울린다. 딸 이 엄마가 연락이 안 되니까 빨간 전화기로 전화한다. 매번 "미안해. 핸드 폰을 무음으로 해 놔서…" 내가 엄마에게 전화를 받던 때가 생각이 난다.

벌써 내가 빨간 전화기로 엄마의 전화를 받던 엄마 나이쯤이 되어 간다. 가는 세월은 어쩔 수 없나 보다. 엄마 돌아가시면 빨간 전화기를 없애려고 했다. 이제 빨간 전화기는 내 담당이 되었다. 빨간 전화기는 오늘도 자기 소임을 다한 당당한 모습이다. 빨간 전화기는 없애지 못할 것 같다. 나와 함께 오래오래 늙어 갈 것이다.

빨간 전화기

빨간 전화기는 오늘도 눈치 없이
손님을 기다린다
엄마의 이승에서의 번호는
수신인 불명이다

엄마의 하늘에서의 전화번호는 몇 번일까?

떠가는 하늘의 구름에서 엄마를 만난다
보라색 구절초에서 엄마를 만난다
부슬부슬 내리는 가을비에서도 엄마를 만난다

엄마의 전화번호는
번호가 바뀌었다
그리움으로 전화번호를
변경했다

어디서든지 엄마와 통화가 가능하다
엄마의 전화번호는 기억할 필요가 없다
그리움과 통화하면 언제나
거기에 엄마가 있으니까

마음의 우편함

며칠째 하늘이 창밖에 이마를 맞대고 가까이 와 있다. 계절은 회색빛으로 물들어 가는데 오히려 마음은 차분해진다. 가끔은 이렇게 해가 없어도 없는 대로 좋을 때가 있다. 이런 날이면 어스름 저녁 수은등이 켜지듯 마음의 등불이 하나, 둘 켜지기 시작한다. 그러면 꼭꼭 닫아 두었던 마음의 빗장이 스르르 풀리면서 마음속 우편함을 들여다본다.

이렇게 하늘이 회색인 날은 가로등에 불이 하나, 둘 켜지듯 추억의 심지에도 불이 켜진다. 가슴속 우편함에는 어렸을 적 이사 간 친구에게 전하지 못한 연필로 꾹꾹 눌러쓴 편지도 보인다. 또 기억 속으로 사라져 간 가슴 설레는 연분홍 사연도 보인다. 가슴속 우편함에는 잊히지 않는 어렸을 적 내가 가지고 놀던 인형의 달콤한 냄새도 솔솔 풍겨 온다. 그러고 보니 마음의 우편함에는 추억이라고 부르는 빛바랜 기억의 조각들이 은빛으로 반짝이고 있다. 그 은은한 빛이 가슴을 설레게 한다. 마음이 아프기도 하고 행복하기도 하다. 혼자 생각하고 혼자 하다만 짝사랑도 한 구석에 보인다. 짝사랑도 세월이 지나고 나니 적당히 아름답다. 혼자 한 사랑에 이별이 어디 있나? 이별은 사랑해 본 사람만이 가지는 행복한 특권이다. 행복한 설렘이다. 그래서 이별도 세월이 지나고 보니 슬프도록 아름답다. 나이가 들어가면서 이제는 혼자만의 사랑을 하는 것 같다. 화려한 것도 싫고 복잡한 것도 싫고 그냥 내 마음 가는 대로 아무에게 들키지 않는 사랑을 한다. 사람도, 물건도 사랑했다 이별했다 편리한 사랑을 한다. 혼자 하는 사랑은 흉터가 남지 않아서 좋다. 나이가 드니 마음 한구석에서 아물어 가던 이별의 흉터도 이제는 담담한 훈장처럼 자리 잡고 있다.

사람들은 마음에 우편함 한 개씩 품고 산다. 부치지 못하는 편지도 너무 슬퍼서 쓰다가 만 편지도 꼭꼭 품고 산다. 그 빗장이 맥없이 열리는 날, 어떤 이는 무너져 내리기도 하고, 어떤 이는 다 쏟아내고 새로운 사연을 담기도 한다. 이렇게 차분한 날은 그 우편함에 숨어 있던 사연들을 멀리 보내기에 좋은 날이다. 버려야 또 채운다. 공간이 생겨야 행복도 채워진다. 다 비워 버리고 나에게 말하자. 잘했다! 잘했다! 참 잘했다!

마음의 우편함

마음이 어두운 날은
마음에 등불 하나 켜자
추억의 심지에
은빛 기억의 조각으로

가슴 아팠던 이별도
사랑을 해본 사람만의 훈장

이제는 우편함에 빗장을 열어봐
심장 펄펄 뛰던 청춘이 아니잖아
바람에 떠나보내
세월에 흘려보내

그리곤 나에게 말해
잘했다! 잘했다! 참 잘했다!

세상에 소리 지르기

전철에서 큰 소리를 지르며 싸우는 소리가 났다. 두 할아버지가 말씀을 나누는데 꼭 싸우는 것 같다. 한 할아버지가 아주 흥분하여 다른 할아버지를 향해 큰소리로 "내가 말이야 왕년에 어떤 사람이었는데 사람을 뭘로 보고 이래?" 다른 할아버지는 전철 안에서 큰 소리를 지르는 할아버지의 펄펄한 기에 눌려 "이 사람 내가 언제 자네를 무시했다고 그러나? 성질머리 하구는. 그렇게 들었다면 미안하네. 화 풀게." 하며 상대 할아버지를 연신 달랜다. 할아버지는 분이 덜 풀렸는지 다음 정거장에서 친구 할아버지를 놔두고 내려서 허우적허우적 걸어간다. 그 뒷모습을 바라보는 데 내 마음이 왜, 짠해지는지 모르겠다.

할아버지는 친구 할아버지에게 화를 내는 것이 아니라 자신에게, 아니 세상에 대고 나를 알아 달라고 소리치는 것으로 보였다. 나이를 먹으면 마음도 몸도 안 되는 것이 많다. 자꾸 세상 끝으로 밀려나는 것 같고, 친구도 세상도 나를 알아주지 않아서 서운할 때가 있다. 세상으로부터 소외되는 것 같아 외로움만 커간다.

　나이가 들면 노인들은 고집스러워진다. 마지막 남은 자신을 지키기 위해 소리가 커지고 고집이 세지는 것이다. 다 일리가 있는 말이다. 그래야 세상을 버티고 살 수 있으니까. 할아버지는 전철 사람들에게 나를 알아달라고 소리치고, 그래도 성이 덜 차서 혼자 횡하니 가 버렸다. 걸어가면서 아마도 마음은 매우 허탈하고 외로웠을 것이다. 젊은 날을 생각하며 눈물 한 방울 흘렸을지도 모른다.

　젊은 사람도 그렇다. 화를 자주 내는 사람은 속이 편치 않아서 더 화를 내게 된다. 자신의 속마음을 들킬까 봐 버럭 화부터 내고 본다. 여린 모습 보이고 싶지 않아 소리 먼저 지른다. 무시당할까 봐 먼저 화내고 존재를 드러낸다. 화를 낸다는 것은 결국은 못마땅한 자신에게 화를 내는 것이다. 더 나아가서는 내 마음대로 되지 않는 세상을 향해 소리치는 것이다. 테스 형은 부르지 않더라도 "세상아! 참 너 못되었다. 나에게 왜 그러는데!" 하고 소리치는 것이다.

　소리치기 전에 나를 좀 들여다보면 어떨까? 많은 사람 속에서 이리 치이고 저리 치이고 살아가는 나, 조금 보듬어 안아 주면 안 될까? 사람들은 일이 성사되지 않거나, 시험에 떨어지거나 하면 만족하지 못한 결과에 속상해 한다. 그러면서 "나는 왜 이렇게 하는 일마다 안 되는 거야. 나는 바보인가 봐."라고 자신에게 2차 화살을 쏘아 댄다. 2차 화살은 1차 화살보다 치명적이다. 자기 자신을 자기가 무시하고 깔보는 일이다. 내가 나를 알아주지 않는다면 누가 나를 보듬어 안아 줄 수 있단 말인가. 세상을 향해 소리칠 때는 당당히 소리치고 소중한 나는 안아 일으켜 세워야 한다. 인생사 '새옹지마'라고 하지 않는가. 오늘 못마땅한 자신 때문에 누군가에게 아니, 세상을 향해 화풀이하지는 않았는지 돌아볼 일이다.

세상에 소리 지르기

세상에 대고 소리치고 싶다
나는 어디에 있냐고?
세상에 대고 화내고 싶다
나를 왜 모르냐고

나에게 묻고 싶다
왜 화내고 있냐고

인생이 처음부터
쓸쓸했던 것을
세상이 처음부터
허무했던 것을
애쓰며 너무 나를
닦달하지 말기를

혼자 피었다 혼자 지는
꽃의 당당함을 보라

내가 나를 먼저 보듬고
세월 따라 걸어가길

길 위의 날들

나는 넓은 길보다 집들이 옹기종기 붙어 있는 골목길을 좋아한다. 그래서 퇴근할 때면 이제는 일부러 골목으로 다닌다. 골목을 지나다 보면 담 너머로 사람 사는 냄새가 솔솔 흘러나온다. 보송보송한 이불도 행복하게 담에 척 걸쳐 있고 멍멍이도 마당에서 꼬리를 흔든다. 골목에 들어서면 유년 시절 미로 같았던 골목에서 단발머리 나풀거리며 내가 뛰어나온다. 나는 웃고 있고 행복해 보인다. 골목은 나도 몰래 추억의 빗장이 스르르 열리는 마법 같은 공간이다.

우리 식구가 천호동으로 이사 오기 전, 우리는 춘천 산동네에서 몇 년을 살았다. 그 산동네는 말 그대로 산을 깎아서 층층이 집을 지은 곳이다. 산 하나를 나무며 동물들을 다 쫓아내고 통째로 사람 사는 동네를 만든 셈이다. 담도 제대로 없어서 집 뒤의 경사진 곳에서 비가 오면 벌건 흙이 부슬부슬 내려왔다. 지붕 낮은 집들이 머리를 맞대고 붙어 있었고, 집과 집은 실핏줄 같은 골목들이 이리저리 이어주고 있었다.

딱히 놀이터가 없던 골목은 우리들의 놀이터가 되기에 충분했다. 좁은 골목에서 해지는지 모르고 넘던 고무줄놀이는 지금도 생각이 난다. 사람이 오면 잠시 고무줄을 접었다가 지나가면 다시 고무줄을 할 정도로 골목은 좁았다. 그래도 좋았다. 지금 생각하면 그리 재미있을 것도 하나 없는데 친구들과 골목을 뛰어다니며 웃음이 끊이지 않았다. 숨바꼭질이라도 하면 요리조리 꺾어진 골목으로 숨다가 길을 잃어버리는 때도 있었다. 그 골목이 그 골목 같아서 헤매다 보면 전혀 다른 장소로 나오는 때도 있었다. 길을 잃어 익숙하지 않은 곳으로 나왔을 때, 그 낯선 기분이란 지금 생각해도 생경하다.

골목길에서 놀던 때를 지나 어른이 되었다. 하지만 어른이 된 후에도 삶의 방향을 잃어 인생의 미로 속에서 헤맨 적이 있다. 가도 가도 똑같은 길을 제자리서 맴돌고 있는 느낌. 영원히 미로 속에 갇혀서 출구가 보이지 않았던 암담했던 날들이 있었다. "못 찾겠다 꾀꼬리!" 하고 아무리 불러도 대답 없던 그 삭막한 인생의 골목을 어찌 잊겠는가. 환하게 웃던 친구들은 가고 없던 바람 부는 인생의 골목길은 그저 삭막하기만 했었다.

며칠 전 옛날 사진첩을 보다가 언제부터였던가 웃음이 사라진 내 사진들을 보았다. 환하게 웃던 나의 모습은 어디로 가고 사진 속 나는 입을 굳게 닫고 있었다. 아마도 홀로 인생의 골목길을 헤매던 때의 내 모습인 것 같았다. 한참 시간이 흐른 뒤, 한 사진을 보니 내가 봐도 아주 행복하게 웃고 있었다. 미로 속을 돌아 돌아 길을 찾았을 때의 빛나는 나의 모습이다. 아! 나도 이렇게 웃을 줄 아는구나! 사진첩에서 그 사진을 떼어 자꾸 들여다보았다. 그때처럼 웃어 보려고 입을 실룩거려 본다. 참 웃는 게 어색하다. 아무 생각 없이 어른도 아이처럼 웃으면 안 되는 것일까? 오늘 문득 철없던 시절 골목 안에 울려 퍼지던 종소리 같던 친구들의 웃음이 그리워진다. 예쁠 것도 없이 맨발로 겅중겅중 뛰던 단발머리 친구들이.

참 인생에는 길도 많다. 어느 때는 굽은 길이요. 어느 때는 미로 속이다. 어느 때는 새소리 들리는 산길이요, 어느 때는 천둥 번개 치는 빗속이다. 낯선 길들을 묵묵히 걸어 오늘 여기에 왔다. 또 어떤 길이 나를 기다리고 있을지 모르지만, 이제는 웃으면서 걸어가련다. 가는 길에 바람 불고 꽃 피고 새 울면 그보다 더 좋을 수 있을 것인가.

길 위의 날들

길이 어디서 시작되는지 어디서 끝나는지
알고 가는 사람은 없다
그냥 세월 따라가기만 하면 된다

인생길 가는데 혼자 가는 사람이 어디 있던가?
누구에게나 동행은 있다
동행하는 사람이 사랑하는 사람이면 좋고
또 모르는 사람이면 어떠냐!
언제 그 사람을 또 만날 것인가?
기쁘게 눈인사하면서 가자

좀 멀면 쉬었다 가고 꽃피면 놀다 가고
비 오면 비 맞으며 가자
길이 곧은 길이면 얼마나 재미없겠는가?
구릉지도 있고 개울도 있고 산도 있고
들도 있어야 제맛 아닌가

길이 끝날 것을 두려워하지 말고 가자
콧노래 흥얼거리며 나그네 마음으로 가자
그게 인생의 길을 잘 가는 방법 아니랴!

길이 어디서 시작되는지 어디서 끝나는지
알고 가는 사람은 없다

능소화 꽃잎이 떨어질 때

아침, 저녁으로 지나는 비밀의 정원 담장에는 능소화가 층층으로 피어 있다. 멀리서 보아도 바람에 한가롭게 흔들리는 꽃송이의 아름다움이 한 눈에 들어온다. 열흘 붉은 꽃이 없다고 탐스럽던 능소화 꽃송이도 이제 뚝뚝 떨어진다. 능소화나무 아래 세워져 있던 자전거의 짐칸에는 오늘 운 좋게 능소화 한 송이가 선물처럼 들어 있다. 꽃을 담은 자전거와 능소화 담장이 어울려 아름답다.

아침, 저녁으로 담장 옆을 지나다 보니 꽃송이를 자세히 보게 되었다. 능소화 꽃송이는 다른 꽃과 달리 미련 없이 자신을 땅으로 던져 버리는 것이 눈에 들어왔다. 가지 끝에 있는 꽃이나 땅에 누운 꽃이나 아깝도록 여전히 곱다. 어느 날 지나다 꽃이 진 자리를 보니 있어야 할 열매가 없다. 깔끔하다. 이리 보고 저리 보아도 아무것도 없다. 참 특이한 꽃인 것 같다. 분명히 완두콩 꼬투리 같은 열매가 달린다고 했는데….

요즘 창가에 피었던 나팔꽃은 하루 동안 피었다가 그다음 날 꽃잎을 접었다. 접은 꽃잎은 여러 날이 되어도 떨어지지 않고 오래오래 늙어 갔다. 자세히 보니 시든 꽃잎 안에 봉긋한 씨를 품고 있다. 열매가 세상에 혼자 살아갈 수 있을 때까지 기다렸다가 꽃잎이 떨어진다. 죽어가면서까지 자식 같은 열매를 보호하는 꽃잎의 희생이 눈물겹다.

몇 년 전 초봄, 남쪽에 있는 동백꽃이 만발한 섬에 간 적이 있다. 섬 전체가 오래된 동백나무들이 꽃을 피우고 있었다. 떨어져 누운 붉은 꽃송이의 처연한 아름다움이 장관이었다. 가지 끝에 있는 꽃송이가 그대로 땅에 붉게 누워 있었다. 왜 그렇게 빨리 자신을 포기하고 던져 버린 것일까? 끝까지 아름답게 지고 싶은 동백꽃의 마음인지 모르겠다. 김훈은 동백꽃의 낙화를 "눈물처럼 후드득 떨어진다."라고 표현하고 있다. 얼마나 가슴 아픈 표현인가? 능소화도 그런 꽃일까? 능소화는 오지 않는 임금님을 기다리다 죽은 곳에 피어난 꽃이라는 전설이 있다. 오지 않는 임금님을 보기 위해 높은 곳으로 오르고 또 오른다는 가슴 아픈 사연이 있는 꽃이다.

사람의 마지막도 능소화나 동백꽃처럼 끝까지 아름다웠으면 얼마나 좋을까? 이제 살아온 날보다 살아갈 날이 많지 않은 나이가 되다 보니 나의 죽음에 대해서도 생각하게 된다. 잘 마무리하고 죽는다는 것이 얼마나 중요한지 깨닫게 된다. 우리 엄마는 다가올 죽음을 잘 준비 했다. 돌아가시기 전부터 예수님께 잘 죽게 해 달라고 기도를 많이 하셨다. 영정 사진도 손수 준비해 놓았다. 예수님이 어머님의 간절한 기도를 들은 것 같았다. 어머니는 쓰러지고 3주 만에 보고 싶은 사람 다 만나고 하늘나라로 떠났다. 돌아가신 모습도 살아생전의 모습과 같았다. 오늘 능소화를 보면서 곱게 돌아가신 어머님 생각이 났다.

집으로 가는 길에 만난 건물은 능소화 꽃송이로 뒤덮여 있다. 멀리서 오는 임이 있다면 능소화의 아름다움에 눈이 번쩍 뜨일 것 같다. 능소화는 임을 보기 위해 높은 곳으로 오르기나 하지, 높은 곳을 오르지도 못하는 사람의 그리움을 어떻게 해야 할까? 김종해 시인은 「바람 부는 날」이라는 시에서 사랑하는 일보다 사랑하지 않는 일이 더욱 괴로운 날은 지하철을 탄다고 했다. 끝도 없이 이어지는 역을 지나 어디에 있는지도 모르는 사랑하는 사람에게 간다고 했다. 능소화가 한창 핀 오늘, 어디인지 모르는 곳으로 가는 안타까운 사람의 마음이 내게 전해지는 까닭은 무엇일까? 이제는 사랑하는 마음도 미워하는 마음도 모두 한 마음에서 시작됨을 알기 때문일까. 그래서 나는 이제 혼자서 종착역이 정해지지 않은 지하철을 타지 않는다.

바다로 간 남자

비가 오려고 날씨가 무척 덥다. 하늘도 구름에 가려 소통이 되지 않는지 온종일 뿌연 안개 속이 답답하다. 이럴 때 시원한 바람 한 줄기 불어오면 좋을 텐데. 깃대 끝에 태극기도 오늘은 깃봉만 쓰담 듦고 있을 뿐, 신나게 펄럭이지 못한다.

비를 안고 있던 하늘이 더 버티지 못하고 퇴근길 빗방울을 내려놓기 시작한다. 소리도 없이 내리는 비를 타고 나의 마음에도 빗방울이 툭! 툭! 내리기 시작한다. 매일 걷는 길옆에는 빨간 나리꽃과 노란 달맞이꽃이 한창이다. 생명이 있는 것의 활기가 지나가는 나에게 오롯이 전해 왔다.

사람이나 식물이나 살아 있어야 꽃핀다. 죽으면 거기서 그만이다. 길옆의 이름 모를 꽃은 모진 겨울 추위에 살아남아서 나보란 듯 꽃을 피웠다. 하지만 그 옆의 꽃나무는 무슨 사연인지 살아남지 못하고 검게 죽은 가지만 앙상하다. 생명이란 그런 것인가 보다. 다시 꽃 필 수 있다는 건

어떻게든 살아남아야 가능하다는 것.

　꽃들은 초록과 어울려 더 빛나는데, 내 가슴속에는 깊이 묻어 두었던 무채색의 기억이 고개를 들기 시작한다. 마음속에 고이 접혀 있던 깃발 하나가 다시 펄럭이기 시작한다. 세상은 너무 답답하다고 죽으면 넓은 바다에 뿌려달라던 그 남자. 그 남자가 파도치는 바다로 간 날이 다가온다. 한때 바람에 깃발처럼 나부끼다 스러져 간 그 남자. 슬픔일까, 원망일까, 그리움일까? 색깔도 분명하지 않은 감정의 깃발이 나부끼기 시작한다. 슬픔도 아니고 원망도 아니고 그리움도 아니다. 언젠가는 나도 가야 할 그 길을 먼저 훌쩍 가버린 사람의 흔적을 지우며 살아가야 하는 남겨진 자의 비애다. 먼저 간 그 남자의 뒷모습에서 보이던 존재의 허망함, 인간의 나약함이 보내는 한 없는 쓸쓸함만이 가슴에 남아 있다.

　멀고 험한 그 길을 어찌 홀로 갔을까? 어떻게 버티며 살아온 길인데. 모든 인연의 줄을 놓아버리고 바다로 간 남자. 그 남자가 바다로 간 날이 다가온다. 잘 살았든, 못 살았던 모든 죽음은 애달프다. 살아남은 자로 오늘도 내일도 걸어갈 그 길이기에 애써 펄럭이는 깃발을 다시 접어 가슴에 재운다. 내리는 비가 마음을 조용히 두드리는 저녁이다.

바다로 간 남자

그대 부디 잘 가시오
이승에서의 인연일랑 놓아버리고
뒤돌아보지 말고 가시오
밀려오는 파도 따라 멀리멀리 가시오

부두의 불빛이 미련처럼 보이거든
손 흔들며 부디 잘 가시오
이승에서 못다 한 이야기는
그냥 묻어 두고 가시오

이승과 저승이 별거겠소
남은 자의 부두는 이승이요
그대가 간 바다는 아득한 저승

모두 언젠가 가야 할 길
먼저 간다 서러워 말고
훠이 훠이 가시오

파도치면 그대가 전하는 소식인 줄 알고
가끔은 부둣가에 오래오래 서 있겠소
그대 부디 잘 가시오

겨울꽃

아침, 저녁으로 지나는 비밀의 정원은 이제 푸른빛의 기운은 거의 없어져 간다. 얼마 전만 해도 색색으로 빛나던 국화들이 이제는 다 시들었다. 이제는 흰 소국만 찬바람 속에 의연하게 자리를 지키고 있다. 살기 좋은 계절을 다 보내고 추위가 몰려오는 이 계절에 국화는 꿋꿋하게 자리를 지키고 있다. 밤이면 기온이 영하로 내려가 모든 것이 얼어붙는데 여린 꽃잎으로 마지막 가을을 지키고 있는 국화의 강인함이 놀라울 뿐이다.

공원에 있는 나무는 빈 가지 끝에 덩그렇게 둥지만 달고 서 있다. 태양이 작열하고 나뭇잎들이 모두 내 세상처럼 풍성했을 때, 나무 위의 둥지는 모든 것을 가진 것처럼 풍요로웠다. 이제는 부는 바람을 살갑게 막아주던 나뭇잎은 다 떨어지고 가지 끝에 빈 둥지만 남았다. 여기, 저기 덩그렇게, 또 다른 곳에도 썰렁하게. 얼마나 허망하고 모두에게 드러난 보금자리가 불안할까? 쓸쓸한 둥지가 싫어서 멀리 떠난 새도 있다. 하지만 찬바람과 눈을 견디며 둥지를 지키는 새도 있다.

올려다보이는 나무 끝에 매달린 검은 둥지를 보며 우리의 인생과 너무도 닮았다는 생각이 든다. 우리도 살다 보면 어느 때는 내 주위에 모여 있는 사람들이 나뭇잎처럼 나를 감싸주는 내 사람처럼 보일 때가 있다. 하지만 어느 때는 바람 부는 빈 가지 끝에 덜렁 혼자인 것처럼 아무도 없을 때가 있지 않은가. 세상사는 자연을 닮은 것 같다. 겨울이 가고 봄이 오고 여름이 오고 또 가을이 왔다. 수없이 되풀이된 계절인데 새삼 오늘 처음 맞는 계절 같은 이 느낌은 어디서 오늘 것일까? 어둠이 몰려오는 길을 걸으면서 아무것도 남지 않은 빈 가지처럼 나도 쓸쓸해짐을 어쩔 수 없다.

나이를 먹다 보니 하루하루 가는 세월이, 아니 이렇게 가는 계절이 더 없이 소중해진다. 쓸쓸함에 내려다본 발밑에 보이는 풀들은 내일을 걱정하지 않는 것 같다. 그저 오늘을 열심히 살고 있다. 꽃이 피고 지는 시간은 다 다르지만, 겨울의 문턱에서 모양이야 어떻든 한 송이라도 더 꽃을 피우려고 몸부림치는 그 모습이 눈물겹다 못해 애잔하다.

창가에 심었던 나팔 꽃씨를 다 거두고 몇 개 남은 씨가 여물기를 기다리고 있었다. 어느 날 문득 화분을 보니 제대로 피지도 못한 나팔꽃 한 송이가 눈에 들어왔다. 다른 꽃은 벌써 똘똘한 까만 씨를 옹골차게 맺었다. 다른 꽃이야 어떻든 자신만의 꽃을 피우는 때 늦은 나팔꽃이 애잔하여 한참을 들여다보았다.

어둠이 내리는 길가 가지 끝에 빈 둥지를 올려다본다. 길가에 피어 있는 철없는 어린 꽃을 본다. 그 모습은 추운 겨울 어느 곳에선가 살아내기 위해 애쓰는 우리의 모습은 아닌지 새삼 돌아보게 된다.

겨울꽃

겨울이 온다고 꽃을 못 피우나요
언젠가 한 번은 나만의 꽃을 피울 거예요
그 시간이 지금일 뿐이죠
모양이 좀 예쁘지 않으면 어떤가요
꽃은 꽃인 걸요

꽃은 오늘을 살아요
오늘이 있어야 내일도 오는 거니까요
오늘은 꽃을 피우는 나의 날인 걸요

쓸쓸한 눈길은 싫어요
괜찮다고 말해 주세요
너로 인해 겨울이 따뜻하다고
말해 주세요

부탁이야!

내 교실 창 앞에는 나무, 네 그루가 가로로 줄지어 서 있다. 그중에 한 나무는 다른 나무와 좀 달라서 눈길이 갔다. 이름은 모르겠는데 아무튼 특이하다. 봄이면 다른 나무들은 다 일찍 3월, 4월이면 연두색 잎을 내보내느라 분주했다. 하지만 이 나무는 옆 나무가 잎을 먼저 피든지 말든지 작은 갈색 빈 꼬투리를 주렁주렁 달고 죽은 듯이 서 있었다. 나무, 네 그루 중 두 번째에 느티나무가 한 그루 끼어 있었다. 느티나무의 연초록 나뭇잎에 비해 초라한 갈색 꼬투리들이 대비되어 처음에는 나무가 죽은 줄 알았다.

봄도 다 지난 어느 날, 다른 연초록 나뭇잎들이 한창 바람에 몸을 뒤집으며 놀고 있었다. 이때 이 나무는 달고 있던 갈색 꼬투리를 하나씩 떨어트리고 작은 자잘한 잎들을 가지 끝에 내놓기 시작했다. 그때야 '아! 죽은 게 아니었구나!' 싶었다. 아주 천천히 잎을 내놓고는 줄기 끝에 허연 실타래 같은 꽃을 피우기 시작했다. 그리곤 작은 콩 꼬투리를 한데 꿰어놓은 것 같은 타래를 바람에 흔들며 잘살기 시작했다. 그제야 이 나무가 느림보 나무인 줄 알았다. 늦어도 한참을 늦은 나무였다.

코로나 때문에 점심을 혼자 먹으면서 뭐 바쁜 일이 있다고 바쁘게 젓가락질을 하나 생각이 들었다. 이왕 먹고 사는 거 무슨 맛인지 느끼면서 먹자고 천천히 먹었다. 먹고 나서 창밖을 내다보니 느림보 나무가 보인다. 중간에 있는 느티나무는 가을이라 잎들을 다 내놓고 혼자 빈 몸으로 서 있다. 느림보 나무는 아직도 갈색 자잘한 빈 콩깍지를 다닥다닥 품고 서 있다. 눈길이 안 갈래야 안 갈 수가 없다. 봄에 다른 나무보다 늦게 나왔으니 자식 같은 잎을 오래 품고 싶은가 보다. 다른 나무들이 "너는 뭐냐?"라고 물을 것 같다. 그러거나 말거나 남이 잎을 낼 때 내지 않아도 불안해 하지 않고, 남들이 벌거벗고 혼자 서 있든 말든 잎들을 꼭 붙들고 있는 이 나무의 여유가 부러워졌다. 늦게까지 가지에 마른 잎과 열매가 풍성하니까 이름 모를 새들도 이 나무에만, 놀다 간다.

어차피 이 나무처럼 우리도 인생을 사는데 자신만의 속도가 있을 것이다. 남이 뛰어간다고 어디를 가는지도 모르고 나도 뛰어야 할 것 같은 조급함을 느낄 때가 있다. 어디를 걸어가든 가는 여정이 아름답고 행복해야 가는 맛이 나지 않을까? 숲속에서 들려오는 나무를 흔드는 바람 소리. 발밑에서 부서지는 낙엽의 바스락거리는 속삭임. 멀리서 들려오는 골짜기의 물 흐르는 소리. 끊어졌다 이어졌다 들리는 해맑은 아이들의 웃음소리. 생각만 해도 행복해지는 이런 소리 우리는 들으면서 걸어가야 한다.

이른 봄 가지에 조롱조롱 매달린 노란 개나리의 순진한 빛. 가슴이 설레도록 피어 있는 진달래의 첫사랑 같은 연분홍. 가지 끝에 살며시 오므린 손을 펴는 아가의 손 같은 연초록. 우리 이런 빛 보면서 걸어가야 한다.

어릴 적 엄마 품에서 나던 엄마의 달짝지근한 내 엄마만의 내음. 유월의 하늘 흰 꽃 타래를 흔들며 보내 주던 아카시아의 달콤한 향기. 아침 일찍 카페에서 흘러나오는 쌉싸름한 커피의 향기. 우리 이런 향기 맡으면서 걸어가야 한다.

오늘을 사는 내가 행복해야 내일도 기대되지 않을까? 보면서, 들으면서, 향기 맡으면서 천천히 걸어가는 삶이 행복하지 않을까?

부탁이야!

남들이 뛰어간다고 조급해하지 말아줘
부탁이야!

숲속에서 들려오는 나뭇잎의
찰랑거리는 소리
바스락거리며 부서지는
낙엽의 속삭임
끊어졌다 이어졌다 들리는
해맑은 아이의 웃음소리
부탁이야!
이런 소리 들으면서 걸어가 줘

이른 봄 가지에 조롱조롱 매달린
노란 개나리의 순진한 빛
가슴이 설레도록 피어 있는
진달래의 첫사랑 같은 연분홍
가지 끝에 살며시 오므린 손을 펴는
아가의 손 같은 연초록
부탁이야!
이런 눈이 맑아지는 빛
보면서 걸어가 줘

달짝지근한 내 엄마만의 내음

유월의 하늘 흰 꽃 타래를 흔들며
보내 주던 아카시아의 달콤한 향기
아침 일찍 카페에서 흘러나오는
쌉싸름한 커피의 향기
부탁이야!
이런 향기 맡으면서
천천히 걸어가 줘

걷다 보니 외롭지 않다고?
몰랐니? 행복이 너와 같이
걸어가고 있었다는 걸

삶의 항아리

예전 강원도 산골에 살 때 우리 집 마당에는 장독대가 있었다. 할머니, 어머니가 어찌나 닦았던지 햇살에 비친 장독대는 반짝반짝 윤이 났다. 장독대에는 고추장을 담은 항아리, 된장을 담고 있는 항아리, 간장을 담고 있는 항아리 등, 모두 자신의 역할을 부여받은 항아리가 옹기종기 놓여 있었다. 어쩌다 된장을 떠 오라는 엄마의 심부름에 살며시 열어 본 된장독은 된장을 가득 담고 노랗게 익어 가고 있었다.

항아리는 겉으로 봐서는 무엇을 얼마큼 담고 있는지 알지 못한다. 넉넉하게 볼록한 배를 가지고 있어서 배에 무엇을 얼마나 가졌는지 열어봐야 안다. 항아리는 언제나 변함이 없다. 무엇을 주든지 투정하지 않고 받아들인다. 넉넉한 배만큼 주는 대로 받아들인다. 또 따뜻한 햇볕을 받아 자신이 할 수 있는 방법으로 무엇이든지 숙성시킨다. 고추장을 주면 고추장 항아리로 된장을 주면 된장 항아리로 불평 없이 살아간다.

옛날 장독대에는 내 키만큼 큰 커다란 독도 있었다. 겨우내 김장독의 역할을 다하고 나면 다음 무엇이 담길까 기다리며 서 있었다. 항아리는 가끔은 맑은 물 하나 가득 담고 있다가 다른 항아리를 씻어주는 역할도 마다하지 않고 했다. 항아리로써 자신에게 주어지는 역할은 무엇이든지 톡톡히 하고 있었다.

우리 집에도 적당히 통통한 항아리 하나가 있다. 언니가 보내 준 된장을 넣어 둘 때가 없어서 큰맘 먹고 하나 샀다. 바쁘다고 항아리를 베란다에 놓고 자주 들여다보지 못했다. 장은 주부의 손끝에서 익어 간다고 하는데 어느 날 들여다보니 된장의 몰골이 영 말이 아니다. 곰팡이도 보이는 것 같고 수분이 없어서 영 꺼칠하다. 아까운 된장을 다 버릴 것 같아서 다 담아서 김치냉장고에 넣어 버렸다. 항아리는 졸지에 빈 항아리가 되고 말았다. 빈 항아리는 무엇으로 쓸지 생각하다가 쌀독으로 쓰기로 했다. 혹시 된장 냄새가 배어 있으면 어쩌나 싶었는데 전혀 냄새가 나지 않는다. 지금은 언제 된장 독이었나 싶게 말끔한 쌀독으로 자신의 역할을 다하며 살고 있다.

요즘은 김치냉장고가 있다 보니 항아리의 설 자리가 없다. 집에 한두 개씩 있던 항아리는 이사 가면서 천덕꾸러기가 되어 화단에 나뒹구는 경우를 종종 보았다. 우리 아파트 화단에도 임자 잃은 자그마한 항아리 몇 개가 뒹굴고 있다. 흙을 잔뜩 뒤집어쓰고 있는 항아리는 무엇을 담고 살았는지 전혀 알 길이 없다. 다시 항아리로 쓰일 수 있을지 몸뚱이가 바스러져 흙으로 돌아갈지 모르는 일이다.

거마산 아래 공원에는 시골에나 있음 직한 항아리들이 모여 있다. 이제 항아리는 공원에서 옛 고향을 생각하게 하는 전시물로 역할이 바뀌었다. 항아리로써의 역할을 마다하고 눈, 코, 입을 달고 웃고 있는 항아리도 있다. 항아리의 변신을 귀엽다고 해야 할지, 어쩌다 이런 모양이 되었니? 해야 할지, 마음이 짠하다.

우리도 살아가면서 무던한 항아리 하나씩 마음에 품고 살면 좋겠다. 무엇을 넣어도 항아리처럼 분수에 맞게 잘 숙성시켜 다시 내놓으면 좋을 것 같다. 이기적이고 좁은 마음도 항아리에 담으면 불룩한 배를 닮아 넉넉한 마음이 되어 나오면 얼마나 뿌듯할까. 내가 품고 있는 항아리에는 어떤 마음이 들어 있을까? 욕심이나 탐욕 같은 불순물은 들어 있지 않은지 오늘 한번 들여다볼 일이다.

삶의 항아리

마음에 항아리 한 개 품고 산다
어떤 날은 욕심도 담고
어떤 날은 미움도 담는다

항아리에 담긴 마음은 넉넉한
항아리를 닮는다
어떤 날은 행복이 되어 나오고
어떤 날은 사랑이 되어 나온다

비워야 채울 수 있다
언제나 맑은 마음으로 채울 수 있는
빈 항아리 한 개 품고 살고 싶다

가족사진

요즘 가족에 대해 배우고 있다. 새삼 가족이라는 의미를 다시 되새기고 있다. 모인 사람은 모두 가족에 대해 할 말이 많아 보였다. 가슴에 사연한 덩어리씩 품고 사는 것처럼 보였다. 그러다 김영흠이 부르는 〈가족사진〉이라는 노래를 들으며 모두 눈시울을 붉혔다. 젊은 시절 어여쁜 시간을 다 보내고, 자식을 꽃피우기 위해 거름이 되어 버린 어머니의 이야기다. 노래를 듣는 동안 모두 자신의 이야기가 되어 가슴을 먹먹하게 했다.

참지 못하고 꺼내놓은 한 여인의 이야기를 듣는다. 그림 그리는 것을 좋아하고 감성이 소녀 같은 엄마의 딸인 한 여인의 이야기다. 세파에 시달리며 불면 날아갈 것 같은 엄마를 보면서, 엄마가 너무 불행해 보였단다. 하여 '나는 엄마에게 짐이 되는 자식이 되지 말아야지.'라고 생각하며 혼자 짐을 다 짊어진 사람처럼 살았다고 한다. 여인의 어머니는 아이들을 잘 키우지 못할 것 같아서 잘 살 수 있는 먼 곳으로 보내려고 했다고 한다. 손수 고운 옷을 지어 입혀서 사진을 찍었다. 먼 훗날 사진 속에서 고운 옷 입고 좋아하는 철부지 자신의 사진을 보며 가슴이 무너져 내렸다고 한다.

여인의 이야기를 듣는데 나는 우리 엄마가 떠올랐다. 우리 엄마도 차마 우리를 고아원에 보내지 못하고 한 많은 세상을 살았다. 사는 것보다 죽는 것이 나을 것 같아서 이 세상을 하직하려고 천호동 다리에 갔다고 했다. 많은 자식을 키우는 삶이 죽음을 생각할 만큼 힘들었던 거다. 우리가 눈에 밟혀서 죽지 못했다고 엄마도 훗날 말했다. 어머니들은 왜 이렇게 가슴 아픈 삶을 살아내야 했을까? 여인의 어머니와 나의 어머니가 뒤섞이고 거기에 나의 삶이 뒤섞여서 서글펐다. 모두 내 설움이 되어 가슴에서 자꾸자꾸 흘러내렸다.

어스름한 가로등 아래 노란 은행잎이 한잎 두잎 떨어지는 길을 걸어오면서 내내 눈가에 스며드는 눈물을 어쩌지 못했다. 애써 감추고 있던 가슴의 상처를 다 헤집어 놓은 듯한 밤을 뒤채고 뒤채며 잠들지 못했다.

나도 그러고 보니 어릴 적 우리 가족이 함께 찍은 사진이 한 장도 없다. 아버지가 살아 계실 때 우리 가족 모두 모여 사진 한 장이라도 찍었더라면 하는 생각이 든다. 그러면 그 사진 보면서 조금은 힘이 되었을까? 생각해 보니 지금의 내 가족도 함께 찍은 사진이 없다. 이제는 함께 찍으려고 해도 가 버리고 사람이 없다. 사람은 아플 만큼 아파야 철이 드나 보다. 자라면서 어머니의 가슴에 대못 박지 않고 산 사람이 어디 있을까?

아픔과 설움 속에서도 우리 어머니들은 꽃을 피웠다. 눈물 같은 삶 속에서 꽃을 피웠다. 그리고는 우리들의 거름이 되어 쭉정이만 남아 돌아가셨다. 자식이 뭐기에.

들여다보면 왜 이렇게 가슴 아픈 사람들이 많은지 모르겠다. 사연 없는 사람이 없다. 신은 우리를 다 돌볼 수 없어서 어머니를 대신 이 땅에 내려보냈단다. 어머니는 내 자식이기 때문에 그 고단한 인생길을 마다하지 않고 살아내는 거다. 이제 나도 엄마가 되어 돌아다보니 우리 엄마의 엄청난 사랑을 나는 반도 못 하고 살고 있다. 이 가을 가족을 생각하니 후회되는 마음이 한가득하다.

가족사진

우리 집 가족사진에는
아버지가 없다

사진 속 나는
철모르는 철부지
엄마의 가슴속 타들어
가는 줄도 모르고
이래도 웃고 저래도 웃고 있다

사진 속 우리 엄마
곱기도 해라
그 모습 내 가슴에
그대로 남아 있는데
모진 세월 살아내고
쭉정이가 되어 돌아가신
우리 엄마

눈물 속 가시밭길에서도
우리를 꽃피우신 우리 엄마

가시기 전 활짝 웃는
가족사진이라도 찍어둘걸

이제 우리 집
가족사진에는 엄마도 없다

哀

樂
락

꽃잎 진 자리에 또 꽃이 핀다

며칠 전 내린 봄비에 담장에 피었던 노란 개나리는 꽃잎을 다 내려놓
았다. 흐르는 물 따라 흘러가는 개나리 꽃잎이 별처럼 빛났다. 공원에 벚
꽃 나무는 바람에 꽃잎들을 훨훨 날려 보낸다. 하늘에서 꽃잎이 눈처럼
하르르 하르르 날렸다. 멀리 가지 못하고 땅에 누운 꽃잎이 바람 따라 이
리저리 몰려다닌다. 아침마다 건너다니는 지하도 계단에는 지난가을 아
기 낙엽이 자고 가던 곳에 이제는 꽃잎이 소복이 놀러 왔다.

분명 꽃잎의 낙화는 아픔일 것이다. 그 아픔을 딛고 한 걸음 더 성숙해
지는 모습을 나무는 보여 준다. 비가 그치자, 꽃잎 진 자리에 연두색 잎
들이 벌써 뾰족뾰족 고개를 들었다. 꽃잎이 진 자리에 연초록 잎이 희망
처럼 돋고 있다. 꽃이 떨어진다고 끝이 아니라고 말하는 것 같다. 나무는
열매가 익는 가을을 위하여 뜨거운 여름을 견디고 살 것이다.

사람도 그렇다. 청춘이 지나갔다고 인생이 끝난 것이 아니다. 살

아 보니 푸른 나무 같은 젊은 날이 아니어도 나쁘지 않다. 나이가 든다는 것은 한없이 고요해지고 깊어질 수 있는 시간이 주어진다는 것이다. 화려하진 않지만 수수해서 생각나는 그런 사람이 되어 가는 거다.

오늘의 시간은 한번 가면 다시는 돌아오지 않는다. 오늘 꽃이 지는 순간도 다시는 돌아오지 않는다. 그렇게 생각하니 가는 봄이 아름다우면서 또 슬퍼진다. 저 혼자 흘러가는 세월을 누가 막을 수 있단 말인가? 여기저기 길가에 핀 노란 민들레가 눈길을 끈다. 이제 민들레는 키가 작아서 서글펐던 시절을 견뎌 내고 바람 따라 하늘로 오를 것이다. 모든 것을 다 내려놓고 훨훨 떠날 것이다. 아무 곳에도 매이지 않고 살아가는 키 작은 민들레가 부러워진다.

민들레 홀씨처럼 가볍게

난쟁이 꽃이라고 흉보면 어때
곧 하늘로 날아오를 텐데

키다리 해바라기도 부럽지 않아
나는 세상을 볼 수 있는 민들레인걸

가난뱅이 꽃이라고 흉보면 어때
내려놓으니 이렇게
가벼워지는걸

외로워도 울지 않아
꿈을 찾아 날 수 있는 민들레니까
홀씨 하나 품고 여행을 떠나지

헐레벌떡!

아침 출근 시간에 자주 만나는 사람들이 있다. 아이를 유모차에 태우고 아이와 행복하게 이야기를 나누는 젊은 아주머니, 중절모를 쓰고 지팡이를 짚고 언제나 같은 모습으로 걸어오는 할아버지, 볼 때마다 늦었는지 허둥대고 뛰어가는 교복을 입은 여학생 등, 매일 만나던 사람이 안 보이면 가족도 아닌데 서운한 마음이 든다. 요즘은 출근길을 다른 길로 바꾸었다. 그동안 보이지 않았던 사람이 보이기 시작했다. 출근하기 위해 지하도를 내려가는데 젊은 아가씨는 몸의 한쪽이 불편해 보인다. 열심히 계단을 내려가는 아가씨의 한쪽 팔과 다리가 힘없이 흔들거린다. 그래도 나풀거리는 단발머리는 싱그러워 보였다.

문득 전철역 근처에 살던 때의 봄이 생각이 난다. 전철을 타고 출근하다 보니 매일 같은 시간에 전철을 타게 되었다. 매일 시간에 맞춰 집에서 10분 정도 걸어야 역에 도착했다. 아침 시간은 왜 그렇게 화살처럼 빠른지, 조금만 늦장을 부리면 쏜살같이 시간이 흘러간다. 특히 봄이면 길

옆에 꽃들이 흐드러지게 피어 잠시 딴청을 피우면 어김없이 전철 시간이 촉박했다. 길가엔 벚꽃이, 개나리꽃이 흐드러지게 피어 있었다. "너는 벚꽃이었니? 너는 개나리였니?"라고 부르며 일일이 눈을 맞추다 보면 어김없이 시간은 빠르게 흘러갔다. 수채화 물감을 뿌린 것 같은 봄꽃을 감상하느라 늦장을 부리다 보면 지하철 탈 시간이 다 되어 있었다.

전철을 타기 위해 헐레벌떡 계단을 뛰어가는데 눈앞에서 지하철 문이 얄밉게 닫힌다. 숨을 몰아쉬며 뒤를 돌아보다가 뒤틀린 다리를 마지막 계단에 힘겹게 내려놓는 장애우 아저씨의 엷은 미소를 보았다. 아등바등 지하철을 타려고 뛰어 내려가는 내 모습이 그 아저씨 눈에는 어떻게 보였을까? 생각하니 무척 부끄러웠다. '아저씨는 엘리베이터를 타도 될 텐데….' 아저씨는 힘겹게 계단을 한 계단 한 계단 내려왔다. 아마도 자신의 힘으로 계단을 내려오고 싶었나 보다. 거기에 여유로운 미소까지. 그날 아침 봄꽃보다 더 아름답고 훈훈한 장애우 아저씨의 미소를 보았다.

헐레벌떡!

화살처럼 빠른 아침 시간
수채화 물감을 뿌린 듯 피어 있는
벚꽃! 개나리꽃!
봄꽃을 감상하느라 지하철 시간에 늦었다

헐레벌떡 계단을 뛰어 내려가는데
눈앞에서 스르르 닫치는 얄미운 문

가쁜 숨을 몰아쉬며 뒤를 돌아다보니
뒤틀린 다리를 마지막 계단에 힘겹게 내려놓는
장애우 아저씨의 엷은 미소가 보인다
'엘리베이터를 타도 될 텐데….'

오늘 아침 봄꽃보다 더 아름다운
장애우 아저씨의 미소를 보았다

풀꽃 사랑

비가 내리고 난 하늘은 참 평화롭다. 하늘 가득 새털구름이 총총히 수를 놓고 있다. 간간이 부는 바람에 나뭇잎은 기분 좋은 듯 이리저리 몸을 흔들고 있다. 오는 비에 얼굴을 말갛게 씻은 나뭇잎은 더욱 씩씩해지고 푸르러져 간다. 자연의 모습에서 사랑하며 어울려 살아가는 모습을 본다.

사랑은 사람에게만 있는 것이 아니다. 이 계절에 부는 바람은 사랑이 잔뜩 담겨 있다. 초록 나뭇잎을 한없이 쓰다듬는 바람의 손에는 사랑이 듬뿍 담겨 있다. 반짝반짝 빛나는 나뭇잎을 보면 알 수 있다. 햇빛에도 사랑이 담겨 있다. 나뭇잎을 푸르게 하고, 꽃을 피우게 하는 것은 햇빛의 사랑이다. 얼마나 조심스럽고 정성스럽게 매만지면 연약한 꽃봉오리가 스스로 꽃잎을 열겠는가? 사랑이 아니면 할 수 없다. 꽃은 혼자서 피지 않는다. 꽃은 땅이 주는 풍요함, 햇빛이 주는 따스함, 바람이 주는 포근함에 꽃잎을 스스로 여는 것이다. 꽃은 대가를 바라지 않는 많은 것의 사랑으로 자신만의 꽃을 한껏 피운다. 장미는 장미로서, 민들레는 민들레로서, 제비꽃은 제비꽃으로서 최선의 꽃을 피운다.

창가에 심어 놓은 강낭콩은 며칠 전만 해도 보라색 작은 꽃이 줄기 끝에 수줍게 피었더니 어느새 콩 꼬투리가 열렸다. 꼬투리는 아주 가늘고 작아 눈에 보이지 않더니 오늘 보니 부쩍 커져 있었다. 사랑받는 것이 틀림없다. 근심 없이 쑥쑥 자라는 콩 꼬투리를 보면 알 수 있다. 뿌리는 콩 꼬투리를 위해 열심히 물을 길어 올리고, 잎은 자식 같은 콩 꼬투리를 위해 열심히 영양분을 만들고 있을 것이다. 그것이 사랑이다 싶다. 세상의 모든 것은 혼자 크지 않는다. 알게 모르게 도와주는 손길이 많다. 그 덕분에 꽃이 피고 열매를 맺고, 땅속에서는 감자가 크고, 고구마가 커 간다.

사람도 꽃을 닮았다. 혼자 잘나서 사는 사람은 없다. 알게 모르게 타인의 사랑 속에서, 모르는 사람의 도움 속에서 산다. 따뜻하게 건네는 말 한마디, 괜찮다고 토닥이는 위로의 손길, 각자의 자리에서 흘리는 땀방울. 그 모든 사랑을 알게 모르게 받으면서 자기만의 꽃을 피운다.

아침, 저녁 지나다니는 비밀의 정원은 나날이 눈부시다. 양귀비가 진 자리에 노란 달맞이꽃이, 달맞이꽃 옆에는 붉은 나리꽃이 약속이나 한 듯 피고 진다. 꽃이 진다고 슬퍼할 필요가 없다. 한쪽에서 지면, 또 한쪽에서는 최선 다해 다른 꽃이 피어난다. 자연의 사랑은 끝이 없다. 생명이 있는 모든 것을 골고루 매만진다. 그 손끝에서 이름 모를 꽃들도, 사람의 꽃도 피어나는 것은 아닐까? 튼실한 사랑의 뿌리를 자연에서 배운다.

풀꽃 사랑

바람이 속삭이고 간 자리
햇살이 쓰다듬고 간 자리
속눈썹 긴 수줍은 꽃을 봐!
사랑이지
눈부시게 반짝이는 나뭇잎을 봐!
사랑이지

꽃은 혼자 피지 않는다
땅이 햇살이 바람이 함께 피워낸다

사람도 혼자 꽃 피지 않는다
타인이 따뜻하게 건네는 말 한마디
괜찮다고 토닥이는 위로의 손길
각자의 자리에서 흘리는 땀방울
그 속에서 피어나는 꽃이 사람이지

사랑은 꽃에도 있고 나뭇잎에도 있고
사람에게도 있다

오늘도 달콤한 사랑 찾으러
꽃밭을 기웃거린다
꽃들이 웃고 있다

연초록 잔치

봄비가 쓰다듬고 지나간 세상은 연초록 물감을 뿌려 놓은 것 같다. 생명이 있는 것들의 빛깔이 이렇게 예쁠 수 있을까? 길가의 은행나무는 가지마다 연두색 레이스를 오글오글 두르고 있다. 조금 멀리서 보면 가지가 연둣빛 한 덩어리처럼 보인다. 온통 연초록 잎을 달고 있는 나무를 보면서 나의 어린 시절이 떠오른다. 분명히 나도 아기 나뭇잎처럼 고운 어린 시절이 있었을 것이다. 순수하고 깨끗하다. 무슨 말이 더 필요할까?

나의 어린 시절도 보기만 해도 미소가 저절로 나는 저런 모습이었을까? 빛바랜 시간의 조각 속에서 유난히 빛나던 유년의 기억 한 조각이 반짝인다. 몇십 년을 지나도 조그만 발에 신겨 있던 꽃고무신에 핀 원색의 꽃들은 선명하게 빛나고 있다. 아마도 아파서 병원에 갔던 것 같다. 주사를 맞으면서 서럽게 울었던 기억의 조각. 엄마가 달래 주었고 무슨 날이었는지 집으로 돌아오는 길에 사진관에 들러서 나 혼자 사진을 찍었었다. 사진 속에 나는 모자를 쓰고 어떻게 해야 할지 몰라서 어색한 표정을 짓고 서 있다. 조그마하고 지금의 연초록 아기 나뭇잎을 닮은 내 사진이 사진첩에 있다. 나도 그런 시절이 있었다.

작년에도 그 전해에도 분명히 봄이면 나무는 이렇게 예쁜 연초록 잎들을 보여 주었을 것이다. 하지만 올해 처음 보는 느낌이다. 신기해서 자꾸 보게 된다. 볼수록 가슴이 설렌다. 한참을 살아온 나이에 봄빛을 보고 마음이 설레다니 내 인생도 봄이 다시 찾아오는 기분이다.

첫사랑이 이런 기분이었을까? 살아가면서 이제는 사람이 아니라 하찮아 보이는 들꽃과 나무와 바람과 비와 사랑에 빠진다. 자꾸 말걸고 싶고 자꾸 보고 싶어지고 만나면 마음이 설렌다. 사랑에 빠진 것 맞다. 온통 눈에 보이는 것들이 사랑스러워 보인다. 봄에 하는 사랑은 혼자서 설레고 혼자서 접는 짝사랑이다. 그래도 행복하다. 짝사랑을 자꾸 하니 세상이 더 아름다워 보인다.

몸은 나이를 먹어도 마음은 순수해지고 맑아지는 기분이다. 꽃이 한창 피었을 때는 앞에 꽃보다 자꾸 다른 꽃이 더 예뻐 보여서 눈을 어디에다 두어야 할지 몰라 허둥댔었다. 아기 손 같은 연초록 나무는 화려하지는 않지만 보고 또 보아도 입가에 웃음이 저절로 나온다. 봄은 또 어떤 경이로운 모습으로 나에게 감동을 줄 것인지 기대가 된다. 봄의 연초록 잔치에 초대받아서 행복하다.

연초록 잔치

첫사랑이 이런 기분이었을까?

들꽃과 바람과 비와 사랑에 빠진다
자꾸 말 걸고 싶고 자꾸 보고 싶어지고
만나면 마음이 설렌다

봄에 하는 사랑은
혼자서 설레고 혼자서 접는
짝사랑이다

연초록 아기 손 같은 나뭇잎을
살포시 만져본다
나도 아기 나뭇잎처럼 고운
어린 시절이 있었을까?

조그만 발에 신겨 있던 꽃고무신
주사를 맞고 서럽게 울었던 기억
모자를 쓰고 혼자 찍었던 사진

반짝 떠오르는 유년의 기억 조각이
봄의 연초록 잔치에 초대받아서
더욱 아름답게 빛난다

봄은 행복이다

바람이 분다

아침에 집을 나서는데 어제 그렇게 보드랍던 바람은 어디로 가고 제법 쌀쌀한 바람이 뺨을 스친다. 분명 어제는 흙 속에 잠자는 생명을 가만가만 두드리는 엄마 같던 바람이었다. 하지만 오늘은 어디를 다녀왔는지 쌩쌩 토라져 있다. 빈 가지를 마구 흔들고 날아가는 새의 날개도 툭! 툭! 건드려 본다. 빈 몸으로 서 있는 나무도 맥없이 흔들어 본다. 살아가는 일이 얼마나 서러운 일인지 알아야 한다는 듯 바람은 아무것도 없는 빈 가지를 흔들고 또 흔든다.

나무는 서러움을 견뎌야 봄이 온다는 것을 알고 있다. 그래야 더 뜨겁게 치열하게 삶을 살아내게 된다는 것도 알고 있다. 사람이든 꽃이든 그렇게 뜨겁게 살아 낼 때 꽃을 피운다. 찬 땅에 엎드려 숨죽이고 견뎌내던 겨울이 지나면 아름다운 꽃을 피울 수 있다는 것을 꽃은 안다. 그래서 서러워도 견디는 것이다.

우리도 살아가다 보면 빈 들에 나무처럼 바람에 온몸이 흔들릴 때가 있다. 나는 가만히 있는데 거친 세파가 나를 가만두지 않고 흔들 때가 있다. 어느 날 낯선 골목을 지나다 누군가 뜨겁게 타버린 연탄재에 장미꽃을 꽂고 써 놓은 글귀를 보았다. "시들어도 예쁘잖아. 뜨거울 때 꽃이 핀다." 나도 저 장미처럼, 저 연탄처럼 뜨거운 날이 있었던가? 내 몸 타는지 모르고 무언가를 위해 뜨거웠던 날들이 있었던가? 나에게 물어본다.

나도 나목처럼 빈 들에 바람을 견디며 뜨겁게 살아온 날들이 선명하게 보였다. 몸이 타는지 모르고 살다 보니 살아지는 날들이 있었다.

그 길목에 바람은 언제나 불었다. 더 뜨겁게 살라고 나를 채찍질하며 거칠게 불었다. 꽃이 시든다고 꽃이 아니랴. 시들어도 꽃은 꽃이다. 뜨겁게 핀 꽃은 영원히 꽃이다. 우리가 사는 세상에 피워진 뜨거운 꽃들! 어제는 살아온 내일이고 오늘은 또 뜨겁게 살아갈 새날이다. 길 위에서 오늘 다시 뜨겁게 시작한다. 또 바람이 분다.

바람이 분다

뜨겁게 살아가라고 바람이 분다
세상 사는 일은 서러운 거라며 바람이 분다

나는 뜨겁게 살아온 적이 있었던가?

뜨겁게 살아야 살아진다
뜨겁게 살아갈 때 꽃이 핀다

꽃이 시든다고 꽃이 아니랴
뜨겁게 핀 꽃은 영원히 꽃이다

오늘은 새롭게 살아갈 새날
뜨겁게 시작할 새날
길 위에 또 바람이 분다

나에게는 나만이 아는 아름다운 비밀이 한 가지 있다. 도시 한구석에서 열심히 살아가는 개나리를 몇 년째 만나고 있다. 멀리 발령이 나서 갔을 때를 빼곤 봄이면 좁은 틈에서 잘 자라고 있는 개나리를 보러 간다. 얼마나 가슴 설레는 나만의 비밀인지 모른다. 오늘도 전철에서 내려 개나리를 보러 가는데 개나리가 보이기 시작하자 가슴이 설레었다. 오늘은 또 어떤 모습으로 살아가고 있을까? 하는 기대감으로.

2013년 어느 봄날 처음으로 개나리를 만났을 때가 생각난다. 꽃샘추위가 기승을 부리던 바람 부는 어느 날 아침, 출근하기 위해 전철을 내려 직장으로 가고 있었다. 직장 근처 가까이 갔을 때 보도블록 위에 개나리꽃 가지들이 몇 개 버려져 있었다. 꽃이 핀 가지도 있고 봉오리가 뾰족 나온 가지도 있었다. 아마 개나리꽃이 만발한 어느 곳에서 누군가 오는 봄, 흥에 겨워서 꺾어서 가져가다 싫증 나서 버린 모양이다.

'겨우내 피려고 오는 봄을 기다렸을 텐데, 피워 보지도 못하고 너무 가

없구나.'라고 생각하며 그냥 지나쳐 왔다.

그다음 날 무심코 개나리가 있던 장소를 지나가는데 수선집 가게, 유리창 밑에 개나리가 나란히 꽂혀 있었다. 맘씨 좋은 아주머니가 꺾어진 개나리가 가여워 보도블록과 가게유리창 사이 아주 좁은 공간에 개나리를 심어 놓았나 보다. '흙도 별로 없는 열악한 공간에 개나리는 살 수 있을까?'라고 생각하며 총총걸음으로 학교에 왔다.

며칠 후, 봄을 재촉하는 봄비가 꽃샘바람 속에 내렸다. 개나리가 있는 유리창에도 봄비가 촉촉이 내렸다. 아침에 출근하다 깜짝 놀랐다. 그 좁은 공간에서 놀랍게도 개나리는 환하게 꽃을 피우고 있었다. 너무 기특하고 신기해서 한참을 바라다보았다. 그리곤 내 핸드폰에 가만히 담았다. '죽을 것 같았지만 새로 자리를 잡은 이곳이 너무 좋아요. 나를 사랑스러운 눈으로 바라보고 사진을 찍어 주는 사람도 있고요.'라고 개나리가 내게 말하는 것 같았다. 너무 열심히 살아가는 개나리를 보며 나도 투정하지 말고 열심히 살아야지 하는 마음이 들었다. 작은 개나리의 봄이 노랗게 익어 가고 있었다.

개나리꽃이 피었습니다

아직 봄바람이 찬데 꺾어진 개나리
보도블록 위에 휴지처럼 버려져 있다
누가 꺾었을까?
'겨우내 피려고 잠도 못 자고 기다렸을 텐데 피지도 못하고…'

수선집 유리창 밑에 꽂힌 개나리
맘씨 좋은 아주머니가 가여워 심으셨나 보다

꽃샘바람과 함께 촉촉이 내리는 봄비
수선집 유리창에 노랗게 핀 개나리
투정하지 않고 환하게 웃고 있다

키 작은 개나리의 봄이
노랗게 익어 간다

봄이 오는 둘레길

    오늘은 겨우내 건너다보기만 했던 산에 가 보기로 했다. 산에 가려고 집을 나서자, 오늘 만날 산은 또 어떤 얼굴을 하고 있을지 마음이 먼저 설렌다. 우리 마을의 봄은 어디만큼 왔을까? 궁금하기도 하고, 나무는 겨울을 잘 지냈을까? 만나 보고 싶어지기도 한다. 산 입구에 들어서니 겨울에 산을 잘 지키고 봄을 맞는 솟대의 오리들이 먼저 눈에 들어온다. 산은 아직 초록은 보이지 않는다. 죽은 것 같은 검은 나뭇가지 사이로 오늘은 알록달록한 등산복을 입은 사람 꽃이 먼저 피었다. 산과 사람이 잘 어울린다.

    익숙한 둘레길을 걸어가면서 봄이 어디 왔는지 두리번거렸다. 아직 봄은 쌓여 있는 나뭇잎 사이에서 수런거리고, 꽃봉오리가 새초롬 올라온 나뭇가지 끝에 매달려 있다. 둘레길을 햇살이 따라오면서 나뭇잎 사이사이로 햇살의 비늘을 떨어트리며 나와 숨바꼭질하고 있다. 소나무 푸른 잎 사이로 쏴! 쏴! 소리를 내며 불어오는 바람이 더없이 상쾌하다. 세속의 더러운 마음이 바람에 다 날아가는 듯하다. 이 맛에 산에 온다. 행복하다.

검은 나뭇가지 사이로 나무뿌리에 촘촘히 붙어 있는 연초록 이끼가 눈길을 끈다. 이 추운 겨울을 연약한 이끼가 어떻게 살아남았을까? 경이롭기까지 하다. 약한 것이 약한 것이 아니다. 참 자연은 신비한 것투성이다. 강한 것만이 살아남는 것이 아니다. 아주 보잘것없고 연약한 것들이 자연을 지키는 경우를 종종 본다. 오늘 본 이끼가 그랬다.

산등성이에는 모진 바람을 견디지 못하고 쓰러진 큰 나무가 뿌리를 하늘로 들어 올린 채 생명을 다했다. 쓰러진 나무의 뿌리는 넘어진 큰 가지에 비해 턱없이 부실하다. 아마도 하늘로, 하늘로 오르는 데 신경 쓰느라 뿌리가 흙을 제대로 움켜쥐지 못한 것 같았다. 그 옆에 보잘것없는 나무는 뿌리가 울퉁불퉁 나뭇가지처럼 땅 밖으로 나와 있다. 얼마나 사람의 발길에 차이고 비바람에 시달렸는지 몰골이 말이 아니다. 그러면서도 살아남기 위해 악착같이 흙 속으로 파고들었을 것이다. 나무의 살아가는 모습에서 우리들의 살아가는 모습을 본다.

남들에게 보이는 허세에 들떠서 큰 나무처럼 하루아침에 넘어지는 사람을 종종 본다. 사람의 발길에 차이면서도 악착같이 살아가는 굽은 나무가 내 모습인 것 같아 마음이 짠해진다. 죽어가는 것은 우리의 마음을 아프게 한다. 큰 나무가 쓰러진 자리에는 또 다른 생명이 자리 잡게 될 것이다. 그것이 자연의 섭리니까. 상수리나무는 갈색으로 다 말라비틀어진 작년의 나뭇잎을 아직도 달고 있다. 부는 바람에 달린 나뭇잎들이 제법 작은 종소리를 내며 달랑거린다. 오래 같이 있어 줘서 고맙다고 엄마 나무에 재롱을 떠는 것 같다. 이제 새잎들이 곧 올라올 건데 언제까지 마른 잎들을 데리고 있을지 물어보고 싶어진다. 나무나 사람이나 다 자기만의 사는 방식이 있으니 알아서 잘 살겠지만, 봄에 어울리지 않는 마른 나뭇잎에 자꾸 눈길이 간다.

오늘 둘레길을 걸어가면서 혼자 있다는 느낌이 들지 않았다. 쌓여 있는 낙엽도 들춰 보고, 바람과도 이야기 나누었다. 또 졸졸 따라오는 햇살과 숨바꼭질을 하다 보니 시간 가는 줄 모르고 산을 넘었다. 오늘도 도롱뇽이 사는 골짜기를 짚어 내려왔다. 오늘 웅덩이 낙엽 사이에서 도롱뇽 알을 만날 수 있을까? 자못 기대되어 걸음이 바빠졌다. 어린 시절 강원도 산골에서 만났던 일급수에만 산다는 도롱뇽이 우리 마을 골짜기에 사는 것이다. 작년 이맘때쯤 그 귀한 도롱뇽 알을 만난 것은 산이 내게 준 큰 행운이었다. 골짜기를 거의 내려오니까 작년 가을 코스모스가 피었던 곳에는 형형색색 바람개비만이 바람과 신나게 놀고 있다. 도롱뇽 웅덩이에 아직은 도롱뇽 알은 보이지 않는다. 성질 급한 누군가 낙엽을 걷어내고 웅덩이를 뒤진 흔적이 보인다. 낙엽이 있어야 안심하고 그 밑에 알을 낳을 텐데 걱정이 된다. 날이 더 따뜻해지면 그때 와서 살짝 보고 가야겠다.

산비둘기 꾹꾹!
우는 소리가 등 뒤에서 멀리까지 따라온다.
오늘은 참 좋은 봄날이다.

봄이 오는 둘레길

봄이 온다는 둘레길에는
봄은 아직 보이지 않고
봄을 마중 나온 사람 꽃만
알록달록 피었다

나뭇가지 사이를 숨바꼭질하는
햇살과 놀다
상수리 마른 잎을 종처럼 흔들며 노는
바람과도 만나고
추운 겨울 눈을 솜이불처럼 덮고 살았을까?
보들보들 연초록 이끼도 만나니
어느새 훌쩍 산을 넘는다

봄은 아직 매화나무 가지 끝에
매달려 있다
아쉬운 맘 안고 돌아서는 내 귓가에
산비둘기 꾸우 꾹! 꾸우 꾹! 우는 소리만
발자국을 따라 산을 내려온다

괜찮다, 괜찮다!

　요즘 아이들은 참, 안쓰럽다는 생각이 든다. 뭐든지 잘해야 부모에게 인정받는다. 아무리 학교에서 "배울 땐 틀려도 괜찮다, 못해도 괜찮다."라고 말해도 아이들은 믿지 않는다. 아이들은 아빠 엄마가 중요하게 여기는 결과가 무엇보다 우선이다. 한 녀석은 미술 시간이면 자꾸 다 하지도 않은 작품을 들고 나와서 되었느냐고 묻는다. "되었다."라는 소리가 듣고 싶어서, 결과를 인정받고 싶어서 자꾸 들고 나온다. 과정은 중요하지 않은가 보다. 얼른 해서 통과하고 싶은 마음만 가득하다. 요즘은 과정이 중요한 과정 중심 교육인데 말이다. 설명해도 여전히 똑같은 행동을 반복한다. 누가 저 녀석을 저렇게 만들었는지 아이 잘못이 아니다 싶어서 마음이 짠해진다.

　우리도 살아가면서 결과만 중요하게 여기고 살아갈 때가 있다. 인생은 어떻게 살아가느냐 하는 과정도 매우 중요한데 말이다. 그러다 보니 모두 결과를 내기 위해서 고군분투한다. 자격증을 남보다 하나라도 더 따야 하고, 하는 일은 완벽해야 한다. 남에게 뒤떨어져서는 안 되고. 남보다 잘나기 위해 새벽부터 저녁까지 뛰어다닌다. 그러다 보니 마음의 여유는 찾아볼 수 없다. 우리는 모두 다른 빛깔을 내는 보석인데 말이다.

진주의 은은한 빛을 사파이어의 파란 빛이 어찌 따라갈 수 있으며, 사파이어의 파란 빛을 붉은 에메랄드가 어찌 흉내 낼 수 있단 말인가. 진주는 진주고, 사파이어는 사파이어다. 인생을 살아가면서 남과 비교하지 말고 내가 하고 싶은 것 하면서 살 수는 없는 것일까? 어려운 인수분해를 못 해도 물건 사는 데 지장 없고, 글 못써도 카톡 보내는 데 지장 없다. 그냥 "괜찮다, 괜찮다!" 하고 나를 토닥이며 살 수는 없을까?

지하철을 타고 가다 한 정거장 지나가면 어때 다시 돌아가면 되지.
괜찮다, 괜찮아!
자격증 시험 떨어지면 어때 인생에는 자격증이 필요 없는데.
괜찮다, 괜찮아!
사랑하는 사람과 헤어지면 어때 다른 사랑이 기다리고 있는데.
괜찮다, 괜찮아!
여행하고 싶은데 적금을 깨야 하나 말아야 하나?
하고 싶은 대로 깨고 여행 가면 되지.
괜찮다, 괜찮아!
혼자 외롭고 슬픈 날은 얇은 어깨 감싸 안으며.
괜찮다, 괜찮아!
나이 들어 깜박깜박하면 세월 따라 잘 늙어 가는 거지.

괜찮다, 괜찮아!

괜찮다, 괜찮아! 하고 살면 정말 괜찮은 날들이 오지 않을까.

이웃집 사람이 건네는 "잘 지내시지요?"라는 한마디 이거 나를 괜찮으냐고 묻는 토닥이는 말이다. 사람들은 내가 힘들고 지칠 때 "화이팅!", "잘될 거야", "시간이 지나면 다 괜찮아질 거야!"라는 다 아는 평범한 말로 나를 위로한다. 그런데 이상하게도 그 평범한 말속에서 위로와 힘을 얻는다. 그리고 나도 그런 말을 다른 사람에게 건넨다. 괜찮지 않은 사람은 나만이 아니었구나! 말은 안 해도 다들 세상살이가 힘들어 지쳐가고 있었구나. 그 평범한 사실에서도 위로받는다. 지나간 시간을 되돌릴 수는 없다. 가는 세월 잡을 수 있는 재주도 없다. 지금 여기서 '괜찮다, 괜찮아!'라고 나를 토닥이며 오늘을 사는 것이 잘 살아가는 방법일 것 같다.

괜찮다, 괜찮다!

긴 인생길에 조금 늦게 간다고 누가 뭐라나
괜찮다, 괜찮아!

길가에 작은 꽃도 보고
바람과 놀다 간다고 누가 뭐라나
괜찮다, 괜찮아!

살다 보면 혼자이고 외로운 날이 있기 마련이야
눈물 한 방울 흘려도
괜찮다, 괜찮아!

괜찮다, 괜찮아 토닥이며 살다 보니 인생이 모두
괜찮고 괜찮아 보이네

오늘도 나를 토닥이며
괜찮다, 괜찮다!
오늘이 선물 같아 보이네

꽃씨를 심는 마음으로

코로나로 참 생활이 삭막해졌다. 코로나가 지나가면 마스크 벗고 만나지 못하던 사람들을 만나려고 참고 있었다. 코로나는 너무 한다. 잡히지 않고 왜, 자꾸 늘어나는지 모르겠다. 만나고 싶은 사람들을 못 만나니 삶의 질이 자꾸 떨어진다. 타인에게서 알게 모르게 도움을 받고 살았다는 것이 새삼 느껴진다.

구석에 처박아 두었던 먼지 묻은 화분을 꺼내어 털고 나팔꽃 씨를 심었다. 이 나팔꽃 씨는 몇 년 전부터 교실 창가에 심어서 꽃이 피고 씨를 맺어 계속 받아 두었던 꽃씨다. 창가에 심어 놓으면 아이들이 싹이 나는 모습, 꽃이 피는 모습을 보고 신기해 했었다. 작년 코로나가 퍼지면서 작년에는 씨를 심지 않았다. 실험하고 남은 부레옥잠도 창가에 키워서 보라색 고운 꽃을 피웠었는데, 그 일상이 그리워졌다. 아이들이 꽃들을 보면서 순수하게 건져 올리던 '시'는 마음을 따뜻하게 했었다.

코로나라고 씨를 심지 않을 이유가 없다는 생각이 들어서 다시 강낭콩도 심고, 나팔꽃도 심었다. 푸슬푸슬 말라버린 흙에 물을 주면서 흙이 살아나는 것 같은 생명력을 느꼈다. 흙을 고르고 씨를 심으며 꽃이 피기를 벌써 기대하고 있는 마음을 발견한다. 씨를 심는다는 것은 설레는 일이다. 화분에서 새싹이 줄기를 타고 오르는 나팔꽃이 보이는 것 같다. 씨를 심는 일은 언제나 기다림이고 설렘이다.

　창가의 꽃을 관찰하면서 알았다. 꽃이 지면 꽃이 금방 떨어지지 않고 가지 끝에 오래 매달려 있다는 것을. 처음에는 왜 그런지 몰랐다. 며칠을 두고 보니 다 말라비틀어진 꽃 안에 아주 작은 열매가 쭈그러진 꽃잎의 보호를 받으며 자라고 있었다. 열매가 어느 정도 자라자, 꽃잎은 스스로 떨어져 열매가 자라도록 공간을 확보해 준다. 아무도 가르쳐 주지도 않았는데, 지혜로운 자연의 섭리를 보고 또 배운다. 사랑은 끝까지 책임지는 일이라는 것을 하찮은 꽃잎도 알고 있었나 보다. 그 꽃잎의 마음을 알기에 다시 꽃씨를 심는다.

　꽃씨를 심듯 우리도 다른 사람의 마음에 나만의 꽃씨를 심으며 살고 있진 않을까? 사람에게 꽃씨를 심는다는 것은 사랑을 심는 일이다. 그 사람에 보이지 않던 것을 보게 한다. 사람과 사람의 관계에서도 꽃잎처럼 기다려 주고 배려한다면, 얼마나 아름다운 인연의 꽃들이 흐드러지게 피어날 것인가.

　색색의 철쭉이 피는 화단은 각각 피어 있는 꽃들이 한데 어울려 한 다발의 꽃다발처럼 보인다. 고만고만한 꽃들이 어깨를 나란히 하고 있으니 더 아름답다. 우리의 사는 모습도 꽃과 다르지 않을 것 같다. 내 마음에는 어떤 사람이 보내온 꽃씨가 자라고 있을지, 관심을 가지면 보이지 않았던 그 사람의 마음이 보이지 않을까?

꽃씨를 심는 마음으로

먼지 묻은 화분을 털어
꽃씨를 심는다
생명의 기운이라곤 남아 있지 않은
메마른 흙을 고르며
꽃씨와 희망을 함께 심는다

흙을 고르며
내 마음의 꽃밭도 함께 고른다
내 마음에도 누군가가 보낸
민들레 홀씨를 닮은 마음이
자라고 있진 않을까?

꽃씨를 심는 선한 마음으로
타인을 바라본다

색색의 아름다운 사람들!
우리가 사는 곳이 꽃밭이었구나!

남편은 삼수생

우리 집은 가톨릭 집안이다. 지금은 막냇동생이 수녀가 되어서 봉사의 삶을 살고 있다. 동생의 삶은 참 수수하고 아름답다. 내가 결혼할 당시 남편은 비신자였는데 어떻게 하든 영세를 시키고 싶었다. 남편은 막내 처제가 수녀이다 보니 세례를 받긴 해야겠다고 생각은 하고 있었다. 세례를 받자니 잘 알지도 못하는 교리를 10개월이나 받아야 해서 망설이고 있었다. 처음에는 교리를 받겠다고 한두 번 나가더니 도저히 못 하겠다고 나가떨어진다. 두 번째는 남편을 아이처럼 교리실 문 앞까지 데려다주고 교리 잘 받고 오라고 하고 왔다. 두 번째도 서너 번 나가더니 또 나가떨어진다. 안 되겠다 싶었다. 세 번째는 나는 세례를 받았지만, 남편의 손을 꼭 잡고 교리를 10개월 동안 한 번도 빠지지 않고 같이 받았다. 사람들은 부부가 같이 세례받는 줄 알았다며 한 것도 없는 나를 칭찬했다.

사람을 좋아하는 남편은 교리 받는 동안 벌써 사람들을 다 포섭해서 유명 인사가 되어 있었다. 남편은 웃음소리가 크고 유쾌한 사람이다. 모두 모여 이야기하면 남편의 웃음소리만 들릴 정도다. 남편이 사람을 좋아하니까 일요일 영세 교리가 끝나면 몇몇 사람이 자연스럽게 우리 집으로 모이게 되었다. 모여서 이야기도 나누고 만두도 해 먹고 교리가 끝날 때까지 재미있게 지냈다. 크리스마스 날이 세례식 날이었다. 그때는 세례받는 신자가 거의 100명 정도 되었다. 신부님이 세례자 중에 몇 명을 뽑아 연극을 하라고 명령을 내렸다. 당연히 나서기 좋아하는 남편도 연극 단원에 들어갔다. 나는 연극 대본을 술 먹고 노느냐고 주기도문을 다 못 외워서 신부님께 혼나는 내용으로 코믹하게 써줬다. 남편은 워낙 술을 좋아하다 보니 배꼽을 뺄 만큼 실감 나게 역할을 해냈다. 모두 하나가 된 흥분된 멋진 세례식이 되었다. 한 가족, 한 공동체가 된 기분이었다. 남편은 시상 종목에도 없던 공로상을 받으며 삼수 만에 요란하게 세례를 받았다.

세례받는 날 세례자들이 모여 뒤풀이를 하기로 했다. 남편은 먼저 뒤풀이 장소에 가 있고 나는 준비할 것이 있어서 나중에 가게 되었다. 뒤풀이 장소에 가는 길에서 갑자기 울컥하며 눈물이 났다. 삼수 만에 세례를 받게 해 주신 예수님이 너무 감사해서 눈물이 났다. 또 삼수지만 세례를 한 남편이 정말 고마워서 길거리에 서서 찔끔찔끔 울며 쓴 시이다.

기도

잔잔히 스치는 바람에도 눈물이 나는 것은
더 착하게 살게 해 달라는 무언의 기도
더 욕심 없이 살게 해 달라는 간절한 기도

가진 것 없고 잘난 것 없는 내가
당신을 만나 해 줄 수 있는 것은
맑고 드높은 웃음을 잃지 않게
해 주는 것

예수님!

세상에서 오는 모든 괴로움 다 제게 주십시오
세파에서 오는 모든 더러움 다 제게 주십시오

다 지고 가렵니다
기쁘게 제 십자가로 삼으렵니다

노란 손수건

책을 읽다 보니 시에 손수건이 많이 나온다. 사연도 가지각색 빛깔도 가지각색이다. 어느 날 언니가 우리 집에 왔다가 두 번이나 손수건을 두고 갔다. 한 번은 꽃들이 만발한 꽃 손수건을 두고 갔고, 하나는 노란 해바라기꽃이 피어 있는 꽃 손수건을 두고 갔다. 언니는 두고 간 게 아니라 나에게 주고 가고 싶었던 것 같다. 언니가 두고 간 손수건이 하도 고와서 곱게 접어놓고 보기만 한다. 손수건 속에 예쁜 사연이 숨어 있다가 마법처럼 슬쩍 나올 것 같아 서랍 속에 넣어 두었다.

손수건 하면 애절한 사연이 있는 팝송 〈Tie a yellow ribbon round the old oak Tree〉에서 나오던 노란 손수건이 생각이 난다. 실화를 바탕으로 만든 노래여서 더 감동이다.

미국 플로리다로 가는 버스 앞자리에 남루한 옷을 입은 한 남자가 앉아 있었다. 얼굴은 굳어 있고 무언가 많은 생각에 잠겨 있는 사람이었다.

그는 한곳에 움직이지 않고 앉아 있어서 버스에 탄 사람들은 모두 궁금해했다. '무슨 사연이 있는 사람일까?' 한 여자가 조용히 관심을 가지고 사연을 물어봤다. 그 남자는 한참을 망설이다 사연을 들려주었다. 4년을 감옥에서 갇혀있다가 석방이 되어, 집으로 가는 길이라고. 석방이 결정되던 날 아내에게 편지를 썼는데 만일 나를 용서한다면 마을 어귀에 있는 커다란 나무에 노란 손수건을 걸어두라고. 손수건이 없으면 그냥 마을을 지나쳐서 영영 떠나 버리겠다고. 이야기를 들은 버스 승객들은 남자의 집이 있는 마을이 다가오자 점점 긴장하여 버스 창가로 다가갔다. 모두 노란 손수건을 단 나무가 나타나기를 기다리고 있었다. 그러다 한 승객이 소리쳤다.

"있어요! 노란 손수건이에요!"

커다란 나무가 온통 노란 손수건으로 바람에 날리고 있었다. 그 나무 아래에는 남편을 기다리는 아내가 서 있었고, 버스 승객들은 너나없이 진심으로 남자를 축하해 주었다고 한다.

얼마나 아름다운 용서인가? 노란 손수건이 달린 나무를 남편에게 통째로 선물하는 아내의 마음이 눈물 나게 아름답다. 요즘 코로나 환자가 늘었다 줄었다 모두 긴장 속에 있다. 우리도 코로나가 종식되어 '우리 병원은 코로나 환자가 한 명도 없어요!'라고 쓴 하얀 손수건을 단 나무가 병원마다 나부낀다면 얼마나 신날까? 또, 죄짓고 가는 교도소 나무에도 노란 손수건 가득 '우리는 죄수가 한 명도 없어요.'라고 쓴 손수건이 나부낀다면 얼마나 신나는 세상이 될까?

그뿐인가? 나도 '내 마음에는 분노와 욕심스러운 맘 하나도 없어요.'라며 분홍 손수건을 두 손 가득 흔들고 싶다.

봄이 오면 꽃들은 겨우내 장만한 예쁜 빛깔의 꽃잎 손수건을 우리에게 건넬 것이다. 사느라 수고했다고 위로하며. 꽃잎 손수건이 우리 사는 세상에 위로처럼 흩날리는 봄을 기다리며, 언니가 두고 간 손수건을 꺼내 본다. 참 곱다. 세상도 이러했으면 얼마나 좋을까.

꽃잎 손수건

봄이 오면 꽃들이 건네는 꽃잎 손수건 받고 싶다
겨우 내 마음에 쌓였던 먼지 꽃잎으로
다 씻어 내게

봄이 오면 새들이 건네는 위로의 노래도 듣고 싶다
듣고 싶지 않은 이야기 듣느라 고생한 내 귀 닦아 주게

봄이 오면 용서해야 할 사람 다 용서하고
아지랑이 피는 창가에
노란 손수건 걸어 놓고 싶다

꽃이 피고 새 울면 내 마음 다 비웠다고
분홍색 손수건 두 손 가득 흔들고 싶다

베란다로 들어오는 가을 햇살이 투명하고 따뜻하다. 화분을 내놓으며 바라보니 파란 하늘이 한 아름 안겨 온다. 밖에서 가을이 어서 나오라고 속삭이는 것 같았다. 햇살에 이불을 빨아서 한껏 기분 좋게 널고 오후에 길을 나섰다. 저번에는 앞산으로 올라가서 송내공원으로 내려왔다. 그때 하도 나뭇잎이 푸르러 내려오는 길을 잃어버렸던 기억이 난다. 그래서 오늘은 거꾸로 송내공원에서 올라가기로 했다. 가을빛이 너무 정겨워서 걸어가는 내내 기분이 좋다. 가을빛은 씩씩한 여름빛하고는 사뭇 달라 계속 걷고 싶어졌다.

송내공원에 들어서니 가을은 이미 우리 곁에 와 있다. 바람에 코스모스가 가을이 왔다고 들판 가득 웃고 있다. 밤새 추었는지 소녀상은 햇살에 턱을 괴고 가을을 만끽하고 있다. 송내공원을 돌아 올라가다 '아! 내가 또 자연을 너무 몰랐구나!' 하는 생각이 들었다. 산에 올라와서 내려다보니 숲 사이로 도시가 훤히 보인다. 여름에 나뭇잎에 가려서 보이지 않았던 도시가 떨어진 나뭇잎 사이로 둘레길을 따라 같이 가고 있다. 가을이 되어 숲에 여백이 생긴 것을 모르고 있었다. 길 잃을 염려가 없었다.

나무들은 이제 자식 같은 잎들을 하나, 둘 떨어트리고 있다. 아마 긴 이별을 준비하고 있는 것 같다. 숲 사이 사이의 여백으로 가을 하늘이 파랗게 들어와 있다. 숲 사이 공간으로 풀벌레 울음소리가, 바람이 자유롭게 드나든다. 사람들이 이렇게 여유가 있어서 가을을 좋아하는가 보다. 열심히 살아내야 하는 여름을 지나 숲도 이제 무언가 하나둘 내려놓고 있다. 우리도 계절 따라 여름내 안고 왔던 무언가를 살며시 내려놓아야 하지 않을까? 그 비워진 공간에 가을이, 바람이, 여유가 채워질 것이다.

숲에는 내년에 도토리가 나던 나무에는 도토리가 다시 달릴 것이고, 국화가 피었던 곳에는 어김없이 국화가 다시 필 것이다. 자연은 그것을 알기에 망설임 없이 다 내려놓을 수 있다. 사람이 풀꽃만도 못한 것 같다. 살아가는 데 확신이 없으니 내려놓아도 될 것을 껴안고 버거워하고 있다. 우리도 내려놓을 때는 확실하게 내려놓고 살면 삶이 좀 더 가벼워질 텐데 말이다.

내려오는 길에 둘레 길에 쓰레기를 주우며 올라오는 십여 명의 소년들을 만났다. 그중에 한 녀석이 인사를 한다. 2년 전 한솥밥을 먹은 제자다. 지금은 중학교 2학년인데 봉사활동을 나왔다고 한다. 가슴에는 〈우리 동네 가족봉사단〉이라는 문구를 달고 있다. 대견스럽기도 하고, 이런 아이들이 있어서 세상이 아름답다는 생각이 들었다.

거꾸로 길을 내려오니 반대편에 있어서 올라가다가 못 본 풍경들이 다시 보인다. 산 입구에 올라앉아 있는 솟대 가족을 오늘에야 만난다. 분명히 지나갔을 텐데 오늘에야 그 광경을 본다. 아마 내가 보고 싶은 것만 보고 가서 그럴 것이다. 우리네 인생도 그럴 것이다. 한쪽만 보고 가면 분명히 반대편은 못 보고 그냥 갈 것이다. 가을의 여백을 닮는 지혜가 필요할 것 같다. 눈을 들어 하늘을 보니 나뭇가지 끝에 가을이 대롱대롱 매달려 있다. 아름다운 계절이다.

가을은

가을은 맑은 햇살로부터 온다
햇살이 나뭇잎을 간질이고
빨갛게 감을 물들인다

가을은 바람으로부터 온다
내년에 그 자리에서 어김없이
만나라고 꽃잎 진 자리에
살며시 떨구어 놓는다 꽃잎을

가을은 하늘에서부터 온다
긴 이별에 슬퍼하지 말라고
높은 곳에서부터 천천히 온다

가을은 마음에서부터 온다
그대가 그립고 그립다
단풍보다 먼저 마음에
빨간 등불이 켜진다

꽃 같은 사돈

나는 복이 많은 사람이다. 정말 꽃처럼 아름다운 마음을 가진 사돈을 만났으니 말이다. 딸아이의 시부모님은 정말 좋은 분들이다. 사돈댁은 멀리 양산인데 아파트 생활이 싫어서 주택으로 옮겨 마당에는 꽃도 심고 과일나무들도 기르며 자연과 함께 살고 있다. 딸은 시부모님 집이 너무 아름다워서 나중에 그런 집에서 살고 싶다고 한다. 딸은 설이나 추석이면 눈치 없이 미리 내려가서 늦게 올라온다. 처음에는 무슨 시댁을 친정 가듯 가는지 이해가 가지 않았다. 딸은 어떨 때 나보다 사부인과 더 잘 맞는 것 같아 슬그머니 질투가 날 정도였다. 나도 알고 있다. 엄마라고 바쁘기만 바쁘지, 음주 가무도 안 되어 이해도 못 하지, 평소에 딸과 잘 지낸다고 생각했는데 딸이 나를 봐준 것 같다.

딸은 노래하는 것을 좋아한다. 저번에는 시댁에 내려가면서 노래방 최신 마이크를 사서 가지고 내려갔다. 그 마이크로 온 가족이 모여 한바탕 노래를 불렀다고 한다. 얼마나 화기애애 한 분위기인지 안 봐도 알 것 같다. 딸의 시댁은 시아버님이 플루트 연주와 기타 연주가 되어 연주하며 노래도 하고 콘서트장 같은 분위기가 연출된다고 한다. 또 시댁이 모두 노래가 수준급인 데다 누구를 닮았는지 딸도 노래가 조금 된다. 딸이 나를 닮은 것 같지는 않고 생각해 보니 어제 〈열린음악회〉를 보다가 생각이 들었다. 어제 재즈 가수 웅산이 나왔는데 외사촌 조카이다. 아마도 조상 중에 노래 잘하던 분의 DNA가 조금은 우리 집으로도 유전되어 내려온 듯하다.

딸의 시댁은 내가 보고 자라온 우리 집과는 전혀 다른 분위기의 가정이다. 나보다 더 딸처럼 잘 대해 주시니 딸은 기회만 있으면 시댁에 내려가려고 한다. 남들은 핑계를 대며 어떻게든 시댁 가까이 가려고 하지 않는다는데 말이다. 생각해 보니 딸도 요즘 아인데 뭘 잘하겠는가? 시부모님이 마음이 넓어서 예쁘게 봐주니까 잘 지내는 것이지. 그래서 마음 넓게 써 주는 사돈이 정말 감사하다.

요번 꼬물이 백일 날에 두 분이 딸네 집으로 올라왔다. 사부인은 여지없이 또 사돈인 나를 살포시 안으며 인사를 건넨다. 참 정이 많다. 두 분이 음식도 다 만들어서 바리바리 가지고 왔다. 거기에 꼬물이 장난감, 옷, 의자 등, 아주 이사를 온 것 같았다. 가져온 보따리, 보따리에 사랑한다는 마음도 함께 듬뿍듬뿍 담아 왔다. 가까이 있는 나도 못 하는데 참 보고 배울 점이 많은 분이다.

사부인은 정이 담긴 보따리에서 이건 농약도 안 친 거라며 푸성귀를 건넨다. 집에 와서 풀어보니 싱싱하고 야들야들한 시래기가 담겨 있다. 이건 시골에 살아 보지 않은 사람은 모른다. 이것이 얼마나 마음을 건네는 선물인지. 마음이 푸근해진다. 저녁에 삶아서 된장에 보글보글 끓이고, 남은 시래기는 된장에 무쳐서 동생들이랑 맛있는 저녁 만찬을 즐겼다.

사부인은 봄이면 앞마당에 있는 매실을 따서 매실 진액을 만들어 보낸다. 나까지 챙기시는 그 마음이 정말 고마워서 어쩔 줄을 모르겠다. 또 사부인은 재미있고 유머도 있다. 저번에도 마당에서 나는 무화과로 잼도 만들어서 보냈다. 무화과로 잼을 만들어 보내면서 병 포장지에 땀 흘리는 모습을 그리고 '무화과잼이에요. 맛있게 드세요!'라고 써서 보냈다. 그 모습에 미소가 저절로 나서 포장지를 냉장고에 붙여놓았다. 그리곤 무화과잼을 먹을 때마다 '감사해요. 잘 먹고 있어요!'라고 속으로 말하고 먹었다. 사부인을 생각하면 얼굴에 나도 몰래 미소가 떠오른다.

올가을에는 집 마당에 국화를 많이 심어서 지금 한창 예쁘게 피었다고 한다. 얼마나 꽃이 탐스러운지 사람들이 보러 온다고 한다.

꽃을 사랑하는 꽃 같은 사돈을 만나서 나는 정말 행복한 사람이다. 안 봐도 나는 사돈댁 꽃밭을 머릿속에 그릴 수 있다. 꽃도 분명 사부인을 닮았을 거니까. 천 리 밖에서 풍겨 오는 국화꽃 향기가 지금 내 코를 스친다. 우리가 전생에 어떤 인연으로 지금 다시 만났는지는 모르겠다. 그 아름다운 인연 오래오래 잘 가꾸며 두 집안 행복하게 잘 살고 싶다.

　나는 꽃 같은 사돈을 만나서 행복하다!

당신의 향기

우리가 어느 별에서 와서
이렇게 아름다운 인연으로
만났을까요?

말하지 않아도 알지요
마음에 얼마나 사랑이 넘치는지

말하지 않아도 알지요
마음이 얼마나 꽃밭인지

천 리 밖에 있어도
바람결에 전해 오네요

말보다 진한
아름다운 당신의 향기

人生 인생

기죽지 말고 살아봐, 참 멋져!

'나' 고유명사로 살기

어렸을 적 강원도에서 살 때, 나는 나보다 교장 선생님의 딸로 더 불렸다. 내 이름은 있었지만 내 이름 앞에는 항상 '교장 선생님 딸'이라는 수식어가 먼저 붙여졌다. 아버지 딸이어서 자랑스러운 것도 있었지만, 말한마디, 몸가짐을 바로 해야 했다. 시골에서는 누구 집 자식 하면 다 통한다. 그래서 더 예의범절을 지켜야 했다. 어린 나이였지만 잘못하면 아버지가 곤란해질까 봐 조심했던 기억이 난다.

유년 시절 아버지의 딸이어서 행복했던 적이 많았다. "교장 선생님 따님이래."라는 말은 우리 자매들에게만 허락되는 보석 같은 말이었다. 그 소리는 언제 들어도 기분이 좋아지는 아버지만이 줄 수 있는 믿음 같은 것이었다. 아버지가 일찍 돌아가시고 나서야 알았다. 아버지는 나의 든든한 배경이었고, 나는 아주 평범한 계집애였다는 것을. 어디에도 아버지가 계실 때 누렸던 따뜻한 후광은 없었다. 찬 바람 부는 세상은 내가 살아가야 할 전쟁터였다. 따뜻한 온실에서 살다 황량한 들판에 확! 버려진 느낌이었다. 그때의 상실감은 지금 생각해도 마음이 추워진다.

아버지가 돌아가신 후, 세상의 찬바람을 온몸으로 맞으며 어머니와 우리 형제들은 살아야 했다. 세상이 얼마나 매서운지 온몸으로 실감하며 살았다. 밥 세 끼 먹고 산다는 것이 그렇게 어려운 일인지 알게 되었다. 고단한 세월을 깃대 끝 깃발처럼 부대끼며 살다 불혹이 되어서 깨닫게 되었다. 나에게는 나만의 고유명사 내 이름이 있었다는 것을. 그동안 교장 선생님 딸이 아니라 내 이름으로 살아가기 위해 고군분투하고 살아냈다는 것을 알게 되었다.

이제 나는 누가 뭐래도 나만의 고유명사로 살아가고 있다. 사람들은 사람들 사이에 슬쩍 끼어서 자신을 숨기고 일반명사로 살아가는 삶을 선택하는 사람도 많다. 드러나지 않으니 책임지지 않아도 되고 비슷비슷함 속에서 적당히 자신을 숨기고 살 수도 있다. 도시는 더 그렇다. 사람이 많으니, 자신을 숨기기에 아주 좋은 곳이다. 옆집도 모르는데 누구 집 자식이라고 말할 사람도 없다. 그러다 보니 자아는 점점 없어져 가고, 나이가 들어도 철이 들지 않는 어린애 같은 어른이 늘어난다.

부모는 그렇다. 자식이 찬바람 맞을세라 넘어질세라 다 나서서 막아주고 미리 알아서 다해 준다. 부모는 자식이 자신의 이름으로 책임질 시간을 주지 않는다. 하지만 부모가 언제까지 자녀를 책임질 수는 없다. 자녀가 갑자기 세상에 맞서서 살아가야 하는 날이 온다는 사실을 부모는 잊고 산다. 자녀는 자신의 힘으로 살아 본 경험이 없으므로 뒤뚱거리다 넘어지게 된다. 넘어지면 다시 일어나는 법을 모른다. 넘어져 보지 않았으니까. 넘어져 본 사람만이 일어나는 법도 안다. 신은 다시 일으켜 세우려고 넘어트린다고 한다. 넘어진 자리에서 다시 일어나 강인하게 살라고 쓰러트린다고 한다. 자라면서 넘어지는 연습을 하고 자라면 얼마나 좋을까? 그 경험의 시간을 부모는 주지 않는다. 그것이 부모는 사랑이라 굳게 믿으니까.

나도 아버지가 오래 살아 계셨다면 내 이름을 찾는데 더 긴 시간이 걸렸을 것이다. 아버지가 계실 때는 한 번도 넘어져 보지 않았기 때문이다. 아버지가 돌아가시고 나서 넘어지기도 하고 다시 일어나기도 하면서 훌쩍 성장할 수 있었다.

의미 없는 고통은 없다. 지나고 나면 고난의 순간순간이 나를 성장 시키는 디딤돌이었다는 것을 알게 된다.

나도 그랬으니까. 자신을 사랑하며 당당하게 자신의 이름으로 살아갈 때 이 사회도 건강해지지 않을까?

기적은 언제나 내 곁에

사람을 좋아하고 즉흥적이고 자유로운 영혼인 남편은 일 벌이기를 무척 좋아했다. 그러고는 뒤 마무리를 하지 않는 이상한 습관을 지니고 있었다. 우리도 살아 봤지만 사는 게 여간 복잡하지 않은가. 정신 차리지 않으면 코 베어 가도 모르는 세상이다. 이 무렵에도 남편이 형제들에게 찍은 보증 도장으로 머리가 복잡한 때였다. 십 원짜리 한 장 써 보지도 못하고 갚아야 할 금액이 감당되지 않는 수준이었다. 어떻게 가족 같은 형제에게 뒤집어씌우고 나 몰라라 하는지 통 이해가 가지 않았다.

어느 날 아침에 출근하기 위해 생각에 잠겨 걷다 보니 매일 다니던 길이 아닌 모르는 골목으로 접어들게 되었다. 골목을 돌아서 학교 근처쯤 왔을 때 임시 건물로 지어진 성당이 보였다. 가까이 가 보니 아침 일찍이었는데 성당 문이 살포시 열려 있었다. 무작정 성당으로 들어가 예수님께 기도를 올렸다. '예수님 제가 이 난관을 잘 해결할 수 있게 능력을 주십시오. 열심히 살겠습니다.' 하며 간절한 기도를 올렸다. 그다음 날도 혹시나 해서 골목으로 가 봤는데 성당 문이 어제처럼 열려 있었다. 마치 누군가가 나를 위해 문을 열어놓은 것 같다는 생각이 들었다.

　다음 날부터 성당은 아침에 예수님을 만나러 가는 나만의 비밀 코스가 되었다. 예수님을 만나러 간다는 것이 사랑하는 사람을 만나러 가는 것처럼 마음이 설레고 기대되었다. 아침에 성당에 들러서 기도하고 출근을 하는 일이 일상처럼 되었다. 참 이상했다. 예수님과 아침에 데이트하기 시작하면서 마음에 힘이 생기기 시작했다. 아무에게도 할 수 없는 나만의 이야기를 예수님께 하기 시작했다. 어떤 날은 기도는 안 하고 울다 학교에 출근했다. 그렇게 3년을 비가 오나 눈이 오나 아침에 예수님을 만났다.

　삼 년이 지난 어느 날, 예수님을 만나기 위해 부지런히 걸어서 성당에 갔는데 문이 굳게 잠겨 있었다. 밀어 봤지만 끄떡도 하지 않았다. 그다음 날도 성당 문은 열릴 생각을 하지 않았다. '이제 예수님이 고만 징징거리고 오지 말라고 하는가 보다.'라고 생각하게 되었다. 뭔가 많이 허전하여 혹시 열리려나 하고 자꾸 성당 앞을 서성거렸다. 나중에 안 일이지만 내가 처음에 기도하던 날, 주임 신부님이셨던 외국 신부님이 보셨던 것 같다. 신부님은 아침마다 나를 위해 문을 손수 열어놓았다. 신부님이 다른 성당으로 가시고 젊은 신부님이 오시면서 성당 문은 열리지 않았다. 그동안 묵묵히 성당 문을 열어주신 신부님의 마음이 눈물 나도록 고마웠다.

　삼 년이 지나고 나니 어두운 터널 끝에 한 줄기 빛이 보이기 시작했다. 그동안 열심히 갚은 덕에 은행 보증 빚에 원금은 해결이 되었다. 그러나

남은 이자가 오천만이었다. 산 넘어 산이라더니 또 앞이 캄캄해지려고 했다. 은행 담당 직원에게 전화해서 이자 감면을 부탁했다. 은행 직원은 난감해 하며 자신의 소관이 아니라고 했다. 전화를 끊고 나서 어떻게 여기까지 왔는데 물러설 수 없다는 오기가 생겼다. 진심으로 간절한 마음으로 담당 직원에게 눈물의 편지를 썼다.

얼마의 시간이 지나고 담당 직원에게서 연락이 왔다. 내 편지를 들고 은행장실에 들어갔다고 했다. 그리곤 내 이자를 두고 회의를 했다고 한다. 결과는 참으로 놀라웠다. 기적이었다. 나는 삼천만 원의 이자 감액을 받아서 이천만 원만 갚으면 된다는 통보를 받은 것이다. 진심은 힘이 센가 보다. 절절한 나의 진심이 모르는 타인에게 통했으니까. 감사기도가 절도 나왔다. 그리고 생각만 해도 숨이 막혔던 일들이 나도 모르게 하나씩 해결되기 시작했다.

그렇게 나는 어두운 터널을 지나 빛이 환한 세상으로 다시 나올 수 있었다. 세상은 그래도 살만한 세상인 것 같았다. 지금도 뒤돌아 생각해 보면 내가 힘들고 지친 그 순간순간에 예수님이 내 곁에 함께 있어 주셨다는 생각이 든다. 예수님이 함께 있어 주지 않았으면 나는 힘든 시간을 어떻게 지냈을까? 생각만 해도 상상이 가지 않는다. 그렇게 삼 년을 지나고 나니 예수님은 누구보다 가까운 나의 친구가 되어 있었다.

나는 지금도 화살기도를 많이 한다. 그냥 말 그대로 바로 예수님께 기도를 쏜다. 주로 길을 걸어가면서 중얼중얼 기도를 올린다. 요즘도 어떤 때는 떼도 쓰고 막 징징대기도 한다. 지나고 생각해 보니 내 힘으로 된 것은 하나도 없다. 내가 살아온 모든 것이 기적이라는 생각이 든다. 기적은 먼 곳에 있는 것이 아니었다. 항상 내 곁에서 일어나고 있었다. 요즘은 감사기도를 많이 한다. 감사하다는 말이 나도 모르게 자꾸 입에서 나온다. 감사하지 않은 일이 없으니까.

　　나는 명품백은 없어도 언제나 나를 지지하는 든든한 예수님 백은 있다. 오늘도 예수님 백 믿고 열심히 살고 있다.

나는 누구일까?

　지금은 세상이 참 좋아졌다. 동사무소 가지 않아도 컴퓨터로 바로 등본도 뗄 수 있는 시대다. 그뿐인가 은행에 가지 않아도 핸드폰으로 송금도 하고 돈도 받는다. 현금이 없어도 물건도 바로 살 수 있다. 이제는 현금이 필요 없는 세상이 오고 있다. 각종 세금도 컴퓨터로 낼 수 있다. 또시험 원서 접수도 컴퓨터로 하고 수수료도 바로 낸다. 그러다 생각해 보니 어떨 때는 '이러다 컴퓨터가 많지도 않은 내 돈 다 빼가는 것 아닌가?' 하고 만능인 컴퓨터가 슬그머니 무서워진다. 그래도 나는 현금이 없으면 허전해서 지갑에 몇만 원은 꼭 넣고 다닌다. 내가 생각해도 어쩔 수 없는 아날로그 세대이다.

　예전에 등본이 필요하여 조퇴를 내고 동사무소에 간 적이 있다. 동사무소 여직원이 딱딱한 얼굴로 신분증을 달라고 하는데, 아차 아침에 가방을 바꾸고 주민등록증을 챙기지 못한 생각이 그때 서야 났다. 없는 시간을 쪼개어 나왔는데 챙기지 못한 나에게 화가 나기도 하지만, 주민등록증 하나 없다고 나를 증명할 방법이 없다는 것이 더 화가 났다. 다른 건 안 되느냐고 물어도 동사무소 여직원은 찬바람이 쌩쌩 불게 안 된다고 돌아서 버린다. 친절한 말로 안 된다고 해도 속상할 판인데 어쩌면 사람이 저렇게 냉정할까 싶어서 속이 더 상했다. 타인에게 작은 주민등록증 안에 들어 있는 나만 인정을 받을 수 있다고 생각하니 씁쓸했다.

그러다 슬그머니 나를 증명할 수 없는 지금의 나는 누구일까? 하는 생각이 들었다. 주민등록증이 없는 나는 누가 나를 증명해 줄 수 있단 말인가? 주민등록증이 없는 나를 타인에게 설득할 아무런 단서가 없었다. 나를 그 작은 사각 증명서 안에 온전히 담을 수 있단 말인가? 나는 그 작은 사각 틀 안에 나로서만 증명이 가능한 사람이었나? 어림없다. 내가 살아온 세월이 얼마인데 그 사각 틀 안에만 내가 존재할까. 신분증 밖의 보이지 않는 내가 더 나답지 않을까?

요즘은 내 전자 인증서만 있으면 컴퓨터가 나를 '나'로 바로 인정해 준다. 생김새, 품격 그런 건 다 필요 없다. 컴퓨터가 인증서 안에 있는 '나'를 알아보기만 하면 된단다. 컴퓨터가 알아보지 못하면 '나'는 아무것도 할 수가 없다. 기계는 사람보다 더 냉정하다. 얼굴도 보이지 않는다. 그냥 안 되면 끝이다. 어디다 말해 볼 데도 없다. 점점 사람이 필요 없는 삭막한 세상이 되어간다.

그럼, 컴퓨터가 알고 있는 나는 누구인가? 아이디가 나이고 비밀번호가 나인가? 예전에도 그랬지만 점점 나는 누구인가? 하는 생각이 자꾸 든다. 한술 더 떠서 나는 왜 '나'로 태어났을까? 다른 사람으로 태어날 수도 있지 않았을까? 하는 참 말도 안 되는 원초적인 질문으로 돌아가곤 한다. 심오한 우주의 섭리를 평범한 내가 어찌 알겠는가? 오늘도 주어진 나로서 나답게 살고자 노력할 수밖에.

나는 누구일까?

신분증 안에 있는 내가 나일까?
신분증 밖에 있는 내가 나일까?

사각 신분증이 다 말하지
못하는 내가 살아온 삶

나는 누구인가?
신분증 안의 나도
신분증 밖의 나도
내가 온전히 나라고
말하지 못하는 나

태초에 어느 별을 떠돌다가
떨어진 내 이름 석 자

신분증 안에도 넣고
내 마음에도 품고 산다

아무려면 어떤가?
언젠가는 두고 갈
내 이름 석 자인 것을

익숙해지는 법

사람과 사람이 만난다는 건 아름다운 일이다. 하지만 서로를 잘 알지 못하는 만남은 왠지 서먹서먹하다. 우리나라 사람들은 만나서 밥 먹는 걸 참 좋아한다. 호감이 있다는 말을 밥 한번 먹자고 말한다. 밥을 먹어야 친해지는 민족인 것 같다. 하기야 일제 36년 강점기며 6.25를 겪으면서 먹고사는 것이 목숨과 같은 때가 있었으니까. 오죽하면 인사가 "진지 잡수셨어요?"라고 물었겠는가. 또 사상과 이념이라는 명목 아래 밤새 사람이 사라지는 시대에 살아온 사람들이 할 수 있는 인사가 밤새 "안녕하십니까?" 아니었나 싶다.

나는 오래 만나던 사람이 좋다. 새로 만나면 왠지 그 사람에게 내가 어떻게 보일까? 신경도 쓰이고 해서 사람을 새로 사귀기가 쉽지 않다. 그냥 그 자리에 오랜 나무처럼 서 있는 사람이 좋다. 이제 나이를 먹으니 새로운 인연을 자꾸 만들고 싶지 않다. 알고 있는 인연도 이제는 버거울 나이다. 오래된 인연들과 서로 안부 물으며 그렇게 살아가고 싶다.

물건도 새것보다 오래 써서 나를 알아주는 물건이 좋다. 나는 사람이나 물건이나 처음에는 금방 친해지지 않는다. 하지만 서로를 알게 되면 그렇게 뜨겁지도 않지만, 그렇다고 너무 차지도 않게 오래간다.

전에 신발이 다 헐어서 새 신발을 사러 갔었다. 눈에 쏙 들어오는 구두가 있어서 덥석 사 왔다. 다음날 예쁘게 옷을 차려입고 설레는 마음으로 구두를 신고 출근을 했다. 얼마를 걸어가다 신발이 나를 밀어내기 시작한다는 것을 눈치 챘다. 그래도 새로 산 신발인데 하며 품위를 지키며 걸어갔다. 하지만 얼마 못 가서 신발이 이제는 내가 싫다고 발뒤꿈치를 물기 시작했다. 저녁에 집에 올 때는 상처가 난 발뒤꿈치에 밴드를 붙이고 억지로 걸어왔다.

새 신발에 인사도 안 하고 느닷없이 나를 받아들이라고 강요했으니, 신발이 나를 밀어낸 것이다. 여유를 가지고 발뒤꿈치에 상처가 다 나을 때까지 기다렸다. 그리곤 조심스럽게 다시 구두를 신고 출근을 했다. 신기하게도 구두가 나를 밀어내지 않았다. 이제 구두도 모질게 상처를 냈던 내 발 모양을 기억한 것 같았다. 그렇게 구두와 나는 상처를 내며 서로를 서로에게 맞추었다. 그 구두는 오래오래 나의 벗처럼 나의 발을 감싸며 수명을 다해 갔다.

사람이나 물건이나 서로 얼굴을 익히는 데 시간이 필요하다. 우리는 잘 알지도 못하면서 사람의 겉모습만 보고 그 사람이 어찌 하다고 판단한다. 그냥 기다려 주는 시간이 필요하지 않을까? 들여다보면 사연 없는 사람이 없고 귀하지 않은 사람이 없다. 그냥 조금 생긴 그대로 받아주고 기다려 주는 여유가 필요할 것 같다.

익숙해지는 법

어느 날 너는 수줍은
모습으로 나에게 왔지

너를 처음 본 순간
내 마음은 설렜어
네가 좋아서 다가가는 나를
너는 낯설다며 한사코 밀어냈지
익숙해지는 데 시간이
필요하다고

나는 너를 기다려 주지 않았지
기어코 너는 나에게
모질게 상처를 주었지

시간이 흘러 상처가
굳은살이 되었을 때
너는 다시 내게 왔지
상처를 통해 나를 다시
기억하게 되었다고

그리곤 나를 포근히
감싸주며 속삭였지
나는 당신의 구두입니다

고난은 신이 주는 축복

날이 풀려서 오랜만에 바람을 쐬러 운동장에 나갔다. 아이들이 없는 운동장엔 검은 고양이 한 마리가 한가롭게 등을 땅에 대고 뒹굴고 있었다. 따사로운 햇볕이 좋은가 보다. 그 모습이 너무 귀여워서 가까이 다가갔더니 슬금슬금 눈치를 보면서 사라져 버린다. 햇볕 잘 쬐고 있는 고양이만 쫓아낸 꼴이 되었다. 따뜻한 햇볕에 한껏 기지개를 켜며 올린 손 사이로 파랗게 하늘이 한 아름 안겨 온다. 하늘이 아니라 행복이 한아름이다.

요즘 도종환 시인의 산문집을 보고 있다. 읽다가 가슴이 메어서 몇 번을 멈추었다. 시인의 시가 맑고 좋아서 꽃 속에서 피어난 시인 줄 알았다. 하지만 시 하나하나가 눈물 밭에서 피어난 시였다는 사실에 가슴이 먹먹했다. 굶기를 밥 먹듯 한세월을 모질게 살아내고 결혼하여 잘살아 보려고 했더니 아내는 아이 둘만 남기고 암으로 떠나간다. 아내를 보내고 쓴 시는 표현이 불온하다고 감시를 받는 서러운 세월을 견뎌야 했다. 거기다 슬픔을 팔아먹는 시인이라고 손가락질을 당하고, 재혼했다고 사람들은 차갑게 등을 돌린다. 거듭되는 투옥과 해직이라는 삭풍을 온몸으로 받으며 칼날 위를 걷듯 세상을 살아낸다. 울면서 시를 많이 썼다고 했다. 모진 세월 시가 없었으면 견뎌내지 못했을 거라고 말한다. 문학은 이렇게 처절한 고통 속에서만 꽃이 피는 걸까? 아픔 없는 문학은 존재하지 않는 걸까? "울면서 쓰지 않은 시는 남들도 울면서 읽어 주지 않는다는 걸 알게 되었다."라는 시인의 말이 오래 가슴에서 지워지지 않았다.

시인은 지금은 그 모든 시간이 축복이었다고 회상한다. 그런 시련이 없었다면 어찌 오늘의 자신이 있었겠냐며. 이제는 주신 분이 어떤 것을 주든 축복처럼 받아들이고 가져가신다면 목숨이라든 무엇이든 다 내어 드린다고 한다. 인간이란 신 앞에 이렇게 연약하고 나약한 존재였던가? 불행과 행복은 자매여서 문을 열면 같이 들어온다고 한다. 너무 행복만 계속되면 행복인지 모를까 봐 같이 들어온 불행은 꼭 심술을 부린다. '나만 왜 이래?' 하고 돌아다보면 가슴 아픈 사연이 없는 사람이 없다. 요즘 사람들은 "아! 테스 형! 세상이 왜 이래, 왜 이렇게 힘들어!"라는 구절을 공감하면서 모두 따라 부른다. 많은 사람이 세상이 힘들어서 휘청이고 있다는 말이다.

나도 아버지가 일찍 돌아가셔서, 너무 가난해서 꿈이 사라져 보이지 않던 젊은 시절이 있었다. 그때는 우리 집만 왜 이렇게 가난할까? 나의 미래는 있기는 한 걸까? 이 세상에 혼자인 것 같고 세상이 원망스러운 적이 많았다. 중학교 때 수업료를 내지 못해서 담임 선생님에게 자주 불려 갔다. 심지어는 마지막 기말고사 보는 날 선생님은 며칠 내로 수업료를 내지 않으면 네 시험지는 무효라고 말했다. 그리곤 빨간 도장을 시험지마다 쿵쿵 찍었다. 그때 울음을 삼키며 시험을 보았던 생각이 난다. 그 시험지마다 찍혀 있던 도장의 붉은 자국은 오랜 시간이 지난 지금도 가슴속에 선명한 상처로 남아 있다.

지나고 생각해 보면 그 어렵고 고단한 시간은 나약하고 허술한 내 영혼을 강하게 담금질하는 신이 주신 귀한 시간이었다는 것을 이제는 깨닫는다. 그런 시선으로 보니 축복이지 않은 것이 없다.

불행도 행복이 오기 전 통과해야 하는 통과의례 같은 것이다. 행복도 또 불행이 오기 전 잠시 느껴보는 달콤한 시간이다. 지금 불행하다고 세상 다 산 것 같은 마음도, 지금 행복하다고 모두 다 가진 것 같은 마음도 함부로 가질 일이 아니다. 불행이나 행복이나 다 나에게 신이 주는 축복이거니 생각하고 살면 조금은 세상살이가 가벼워지지 않을까?

나는 도종환 시인을 모른다. 책을 통해서 그분을 알게 된 것이 다이다. 아픔 속에서 진주 같은 시를 쓰는 그분을 닮고 싶다. 강한 것이 세상을 지키는 것이 아니다. 연약한 꽃을 닮은 우리가 세상을 바꾸고 지키는 것이라는 삶을 몸소 보여 준 분이다. 나는 앞으로도 어떤 책을 읽다 또 어떤 스승을 만날지 모른다. 세상에 닮고 싶은 스승이 많은 것도 축복이다. 축복 속에 사는 하루하루가 행복이다.

축복

허술하고 나약한 내 영혼
박수갈채를 받아야 축복인 줄 알았다
높은 곳으로 올라가야 축복인 줄 알았다
높이 오르면 빨리 떨어지기도 쉽다는 것을
시련이라는 선물을 한 다발 받은 뒤에 알았다

허술하고 나약한 내 영혼
어둠으로 휘몰아치고
슬픔으로 휘청거렸다
헤어날 방법을 몰라 엎드려 울었다

눈물진 자리에 축복처럼 피어나던 꽃
꽃잎 진 자리마다 다시 피어나던 꽃

꽃은 떨어져도 떨어진 자리에
또 피어난다는 것을
엎드려 울면서 깨달았다

꽃이 지는 시간이 있어야
열매를 맺는 축복도 있다는 것을
오랜 시간이 흐른 뒤 알게 되었다

얼마입니까?

　요즘은 예전보다 돈 가치가 정말 낮아졌다. 물건 몇 개 사지 않아도 지급해야 하는 돈의 액수는 제법 많다. 어떨 때는 계산이 잘못 되었나 다시 되짚어 볼 때도 있다. 만 원짜리 한 장으로 살 수 있는 물건이 별로 없다. 예전에는 천 원만 가져도 몇 가지의 물건을 살 수 있었는데 말이다. 돈의 가치는 어디로 가버린 걸까?

　오랜만에 재래시장에 가니 지금이 봄인가 싶을 정도로 딸기가 지천이다. 딸기마다 '나는 얼마입니다.'라는 가격표를 달고 줄 맞추어 팔리기를 기다리고 있다. 딸기뿐인가 다른 채소며 심지어 정육점의 고기까지 포장되어 가격표를 달고 있다. 그러다 보니 가격표가 붙어 있지 않은 물건을 물어보게 된다. "이거 얼마예요?"라고.

　재래시장에 있는 물건들의 가격은 그래도 귀여운 가격이다. 백화점이라도 가면 수백만 원의 가격표를 자랑스럽게 달고 있는 가방을 만난다.

가방뿐이랴 옷도 액세서리도 다 고가다. 집었다 놀래서 얼른 놓을 때가
있다.

나는 명품가방이 하나도 없다. 자고로 가방은 편리하게 내가 넣을 것
을 다 넣고 가지고 다녀야 한다는 것이 나의 지론이다. 그러다 보니 뒤로
매는 가방이 제일 편하다. 책도 넣고 이것저것 넣다 보니 내 가방은 언제
나 잡동사니로 만원이다.

사람의 마음은 간사하다. 별로 명품가방을 좋아하지도 선호하지도 않
으면서 젊었을 때는 백화점에 몇백만 원 붙어 있는 가방에 눈길이 가곤
했다. 지금도 비싸야 좋아 보이는 것 같은 때 묻은 이 마음은 무얼까? 속
세에 살다 보니 나도 물이 푹 들었나 보다.

가격표를 보다 나는 얼마짜리 인생일까 하는 생각이 들었다. 나에게
가격표를 붙인다면 나는 얼마라고 붙일 수 있겠는가? 가진 재산도 별로
없고, 명예도 특기도 없다. 그냥 말 그대로 강가에 뒹구는 평범한 돌이
다. 아무도 귀하다고 눈길도 주지 않는 그렇고 그런 돌이다. 그래도 살아
가는 동안 바람과 파도에 깎여 제법 둥글둥글한 돌이 되었다. 돌의 귀퉁
이가 모나지 않아 나에게 부딪쳐도 남에게 상처를 주지 않을 정도는 된
것 같다. 그러면 되지 않았을까? 이 세상 다 살고 갈 때, 나는 가격표가
있어도 다 떼어 버리고 빈 몸으로 가고 싶다. 처음 아무것도 없이 태어난
그대로, 갈 때도 아무것도 없이 가고 싶다.

이제는 물건이나 보석이나 이런 것들이 하나도 눈에 들어오지 않는 나이가 되었다. 보석도 명품가방도 귀하게 보여야 하는데 이제는 평범한 물건으로 보인다. 물질을 탐하고 싶은 마음도 없다. 조금은 욕심을 내려놓고 사니 행복한 것 같다. 지금 내 인생에는 가격표가 없다. 나름대로 잘 살아온 나의 인생을 누가 가격표를 붙일 수 있단 말인가? 대신 행복이라는 이름표를 붙이고 싶다.

얼마입니까?

당신의 인생은 얼마입니까?
다이아몬드는 가지고 있습니까?
명품가방은 보듬고 있습니까?

당신의 마음은 지금 무엇으로 채워져 있습니까?
욕망은 품고 있습니까?
명예도 지키고 있습니까?

나는 지금 강가에 뒹구는 동글동글한 돌입니다
바람이 파도가 내 친구입니다
욕심의 가격표를 떼어 버리니
행복이란 이름표가 저절로 붙었네요

나의 인생은 얼마짜리 인생입니까?
행복이라는 이름표가 웃고 있네요

이쪽과 저쪽의 경계 허물기

요즘은 어디든 취직하려면 자격 요건이 매우 필요한 시대이다. 너도나도 다른 사람보다 더 잘나 보이기 위해 나는 이런 사람이라고 자격증을 내민다. 그러다 보니 사람의 겉치레를 보고 그 사람을 판단하는 경우가 종종 발생한다. 사람이 사람을 진심으로 알아볼 수 있는 그런 눈을 가질 수는 없을까? 겉모습과 마음속을 넘나드는 생각의 유연성을 가질 수는 없을까?

아마도 생각의 유연함은 사물이나 사람의 경계에 서서 안과 밖을 다 볼 수 있는 안목에서 오지 않을까 싶다. 달의 밝음과 뒤쪽에 숨어 있는 달의 외로움을 볼 수 있고, 사람의 웃음 뒤에 숨어 있는 눈물 나는 사연도 볼 수 있고, 꽃의 화사함 뒤에 숨어 있는 꽃의 흔들림도 볼 수 있는 안목 말이다. 마음의 안과 밖을 마음대로 오갈 수 있는 여유를 가질 수 없는 것일까?

전에 다른 사람들의 자기소개서를 볼 수 있는 기회가 있었다. 하나같이 나는 이런 것을 잘하고 이런 것에 뛰어나다는 말뿐이었다.

사람 사귀기를 잘한다던가.

다른 사람들을 기분 좋게 하는 휘파람을 잘 분다던가.

요리를 맛있게 할 수 있다던가.

숨은그림찾기를 기가 막히게 잘 찾는다던가.

다른 사람을 위로하는 말을 잘 건넨다던가.

이런 말들을 쓰면 안 되는 걸까?

나는 네 잎 클로버를 다른 사람보다 잘 찾는다. 어떤 때는 걸어가다 가도 보인다. 나 이런 특기를 이력서에 써 보고 싶다. 사람을 뽑는데 사람을 보지 않고 종이만 보고 뽑으니, 사람이 없다. 그러다 보니 어렵게 들어간 직장에서 마음을 다쳐서 그만두는 사람도 종종 있다. 우리가 살아가는 곳에는 여기저기 다 경계가 있다. 옆에 아파트와 우리 아파트를 확실하게 나누는 담도 있다. 또 절대로 다른 사람이 들어오지 못하게 경계를 치고 문을 닫아 건 마음도 있다.

어떤 시인은 그 경계에 꽃을 심으라고 말한다. 사람도 이 사람과 저 사람의 경계에 꽃을 심고, 서로 알뜰하게 가꾸란다. 그러면 얼마나 아름다운 사람 관계가 꽃처럼 피어날지 생각만 해도 세상이 다 환해 보인다.

마음에 꽃이 있는 사람은 함부로 하지 않는다. 말은 아름다워지고 행동은 신중해진다. 그래야 내 안에 꽃이 살 수 있기 때문이다.

여름에 옆 아파트와 우리 아파트 담의 좁은 틈을 비집고 들어와 우리 아파트를 열심히 훔쳐보던 들풀이 있었다. 이제 추위에 입은 다 떨어졌지만, 그 가지만은 아직도 우리 아파트 쪽에 삐죽 남아서 지분을 주장하고 있다. 아마도 내년 봄이 되면 이 녀석은 저쪽도 아니고 이쪽도 아닌 경계를 허문 삶을 보란 듯이 또 살게 될 것이다. 경계를 비웃듯 안과 밖을 드나들 수 있는 들풀의 여유가 부럽다. 경계는 강한 힘으로 허무는 것이 아니다. 한없이 보드랍고 연약한 들풀이 가지고 있는 용기를 조금만 닮는다면, 이쪽과 저쪽의 경계는 허물 수 있지 않을까?

이쪽과 저쪽의 경계 허물기

이쪽과 저쪽이 공존한다
이쪽과 저쪽 사이에 견고한 경계선
이쪽에서는 저쪽이 보이지 않는다
저쪽에서는 이쪽이 보이지 않는다

이쪽과 저쪽의 경계선에 서면
이쪽과 저쪽이 다 보일 텐데
달의 밝음과 뒤쪽에 숨어 있는
달의 외로움이 보이고
사람의 웃음 뒤에 숨어 있는
눈물 나는 사연도 보이고
꽃의 화사함 뒤에 숨어 있는
꽃의 흔들림도 보이고

이쪽과 저쪽의 경계에 꽃을 심는다
꽃이 넘나들 수 있게
시간과 시간 틈새에도 꽃을 심는다

아~ 이제 알겠다
꽃이 나를 보고 있었구나
꽃이 나를 허물고 있었구나
이쪽과 저쪽이 모두 꽃밭이 되었다

봄이 오면 나는

아직도 아침, 저녁으로 기온이 영하로 곤두박질칠 때가 많은데 오늘이
입춘이란다. 더구나 오늘은 많은 눈이 예고되어 있다. 봄이 오는 것을 동
장군이 방해라도 하는 것일까? 사전에 찾아보니 입춘은 24절기의 첫째
절기로 이때부터 봄이 시작된다는 뜻이라고 나와 있다.

봄, 좋은 말이다. 듣기만 해도 아련하게 피어오르는 아지랑이처럼 마
음이 마구 설렌다. 아마도 이때부터 눈 이불 밑이건, 낙엽 이불 밑이건
새로운 생명이 깨어나 수런수런 귀여운 작당을 시작하는가 보다. "빨리
일어나! 봄을 준비해야 해! 게으름을 피울 시간이 없어!"라고 봄의 전령
들이 속닥속닥 주고받는 소리가 들리는 것 같다. 찬란한 봄이 우리 앞에
짠하고 펼쳐지기까지 생명이 있는 것은 모두 미리 깨어나 자기만의 준비
를 한다. 이렇게 추운데도 미리미리 세상에 나갈 준비를 한다. 아직 봄의
얼굴은 까치발을 딛고 보아도 보이지도 않는데 말이다.

나는 봄 하면 꽃도 꽃이지만 연초록으로 물들어 가는 산이 생각난다. 가지 끝에 겨우내 쥐고 있던 손을 살며시 펴는 아기 손 같은 잎을 빨리 만나고 싶어진다. 만나면 보드라운 손을 살며시 잡고 인사하련다. 봄이 오면 아직도 잠들어 있는 느림보 새싹을 톡톡 깨우는 봄비도 맞아 보고 싶다. 창문을 활짝 열고 여기저기 봄소식을 가져오는 수다쟁이 바람도 만나봐야지. 거실에는 둥근 항아리에 노란 프리지어 한 다발 꽂고 오는 봄을 맞이하련다. 바구니 가득 향기로운 빵과 커피를 담고, 연초록 나무 아래 앉아 온종일 봄이 오는 소리를 듣고 싶다. 돌아오는 빈 바구니에는 봄내 나는 냉이도, 쌉싸름한 쑥도 한가득 담아 와야지.

누군가의 양지바른 무덤 옆에는 때 이른 할미꽃이 고개를 숙이고 있을 것이다. 아직 물이 덜 오른 버들가지는 시내가 옆에 보송보송 손을 내밀고 있을 것이다. 꽃들이, 바람이, 봄을 준비하듯 나도 미리미리 오는 봄을 준비해야겠다. 올해는 욕심은 버리고 비운 마음의 공간에 아름다운 봄을 한껏 들여놓아야겠다. 행복하다. 내 마음에는 봄이 벌써 이른 아침 안개처럼 아련히 와 있다.

봄이 오면 나는

아직 바람이 찬데
낙엽 이불 밑 새로운 생명이
수런수런 깨어나는 입춘이다

봄이 오면 나는
둥근 항아리에 노란 프리지어꽃을
한 다발 꽂아 보고 싶다
느림보 새싹을 톡톡 깨우는
봄비도 맞아 보고 싶고
봄소식을 가져오는 수다쟁이
바람도 만나 보고 싶다

겨우내 쥐고 있던 연초록 손을
살며시 펴는 나무 아래 앉아
봄이 오는 소리를 온종일 듣고 싶다

누군가의 양지바른 무덤가에 핀
수줍은 할미꽃의 이야기도 들어보고
바구니에 봄나물도 한가득 담아 보고 싶다

돌아오는 길에는
시내가 버들가지의 보송보송한 손을
잡고 작별 인사를 건네고 싶다

마음속에 벌써 봄의 아지랑이가
살포시 피는 입춘이다

곱게 익어 간다는 것은

아파트 화단에 빨갛게 익은 감을 달고 서 있는 작은 감나무가 보인다. 키도 자그마한데 좁은 화단에 서서 기특하게 감을 키웠다. 가을에 감만큼 잘 익은 빛깔을 뽐내는 것이 또 있을까? 보기만 해도 주황으로 물든 감이 정겨워 살며시 만져 보고 싶다.

나는 잘 익어 가는 것 하면 어렸을 적 땅거미가 지기 시작할 때, 마을에서 나던 매캐한 연기와 밥이 익어 가던 구수한 냄새를 잊을 수가 없다. 집에 돌아가면 구수한 밥이 나를 기다리고 그 밥만큼 무르익은 아버지, 어머니의 사랑이 나를 기다렸다. 또 하루를 마무리하며 어둠이 오기 전 빨갛게 익어 가던 저녁노을의 황홀함도 기억에 남는다. 그래서 익는다고 하면 어린 시절의 풍경이 떠오른다.

몇 해 전 만났던 할머니가 생각난다. 부평에서 그날도 출근하기 위해 시외버스를 탔는데 역시 만원이었다. 비집고 들어갈 틈이 없을 정도로 사람이 많았다. 그날따라 웬일로 내 앞에 앉아 있던 사람이 내려서 앞쪽 자리에 앉게 되었다. 그때 맨 마지막으로 할머니 한 분이 버스를 탔다. 할머니는 나이가 꽤 들어 보였는데 그 자태가 너무도 고와 보였다. 얼굴은 엷은 미소에 발그레 홍조까지 띠고 있었다. 머리는 단정하게 단발을 옆으로 붙였는데 얼굴과 잘 어울렸다. 곱게 개량 한복을 입고 손주라도 만나러 가는지 설레 보였다. 만원인 버스를 허둥대지도 않고 맨 나중으로 타는 여유 또한 범상치 않아 보였다. 나도 나이가 들면 저렇게 곱게 늙을 수 있을지, 저런 온화한 얼굴을 가질 수 있을지 하는 생각이 들었다. 할머니께서 앞쪽에 서 있어서 자리를 양보했다. 얼마나 고맙다고 하든지 내가 다 미안했다. 자리에 앉은 할머니는 가방을 열고 무엇인가 찾아서 내 손에 꼭 쥐여 주었다. 초콜릿 두 개였다. 그 아침 얼마나 기분이 좋은지 세상에서 제일 값진 선물을 받은 느낌이었다. 그날 직장에 출근하면서 만난 동료와 세상에서 제일 맛있는 초콜릿이라며 하나씩 나누어 먹었다.

사람이 품위 있게 잘 늙어 가기가 어디 쉬운 일인가. 할머니처럼 아름답게 늙어 가면 얼마나 좋을까? 어느 가수는 우리는 늙어 가는 것이 아니라 익어 가는 거라고 노래한다. 나도 한때는 같이 늙어 가고 싶은 사람이 있었다. 아침이면 향기 나는 헤이즐넛 커피를 나눠 마시고, 이슬 함초롬히 맺힌 들녘을 함께 걸으며 곱게 늙어 가고 싶었다. 아주 평범하면서도 이루기 힘든 꿈을 꾸고 살았던 것 같다. 어디 인생이 내 맘대로 되던가? 인생은 생각지도 못한 곳으로 흘러가기 일쑤다. 그 세상의 흐름을 어찌 한 낱 미물인 내가 바꿀 수 있단 말인가.

예전에 엄마가 그러셨다. 늙으니 좋다는 것을 자꾸 챙겨 먹게 된다고. 하루라도 더 살려고 하루에 한 움큼의 약을 먹게 된다고 했다. 나도 나이를 먹다 보니 좋다면 자꾸 구미가 당긴다. 그런데 어느 책에서 보니 진짜 젊어지고 싶으면 세 가지를 잊지 말라고 한다.

첫째, 생각을 젊게 할 것!
둘째, 어린아이 같은 천진함을 잃지 말 것!
셋째, 꿈을 잃지 말 것!

곱게 익어 간다는 것은

곱게 익어 가는 것은
우리 맘에 곱게 스민다
빈 가지 끝에 달린 주황빛 감의 따뜻함
어둠이 오기 전 하루를 마감하는
저녁놀의 주홍빛 차분함

손을 잡고 걸어가는 노부부의
깊은 주름살 위에 퍼지는 엷은 미소
비 오는 날 향긋한 헤이즐넛 커피의 편안한 위로
키 작은 노란 민들레가 주는 평화로움
바람에 구르는 낙엽의 어린애 같은 천진한 모습

곱게 익어 간다는 것은
별다른 게 아니다
각자의 자리에서 조용히 살아가는 것
서로가 서로에게 위로가 되어 주는 것
그 힘으로 세월 따라 곱게 익어 가는 것

흐르는 물처럼 살고 싶어

유년 시절 강원도 산골에 살 때, 우리 집 앞으로 조금 걸어 나가면 사시사철 낭랑한 소리를 내며 흐르는 개울이 있었다. 물이 얼마나 맑은지 더운 여름이면 헤엄치다 그물을 그냥 떠서 마셨다. 용화산 깊은 골에서 시작된 물은 몇십 리를 달려오면서도 깨끗함을 잃지 않고 항상 즐겁게 흘렀다.

지금 생각해 보면 변변한 수도가 없던 시절, 시냇물은 사람들의 생활용수였다. 하지만 그 물은 강에 다다랐을 때까지 영롱한 맑음을 유지하고 있었다. 물이 어떻게 맑음을 유지하며 흘렀을지 의문이 든다. 물은 그렇다. 더러움을 안고, 깊은 곳이나 낮은 곳이나 어디든지 흐른다. 풀숲이나 모래 속이나 험난한 곳도 불평하지 않고 흐른다. 흐르면서 더러움도 함께 품고 내 몸같이 닦고 닦으면서 간다. 결국에는 깨끗함으로 품어내어 멀리 보낸다.

물은 순응하면서 산다. 둥근 그릇에 담기면 둥근 모습으로, 네모난 그릇에 담기면 네모의 모습으로 어떤 모양도 거부하지 않고 받아들인다. 그렇다고 담긴 모양에 따라 본질이 변하지는 않는다. 언제든지 물 본연의 성질로 돌아온다. 본질을 잃지 않고 살기가 어디 쉬운 일인가? 올 한 해 나도 물처럼 살기를 소망한다. 높은 곳을 흐를 때는 겸손함으로, 낮은 곳을 흐를 때는 당당함으로 흐르고 싶다. 어떤 난관이 와도 아픔을 물처럼 품고, 높으면 높은 대로 낮으면 낮은 대로 본질을 잃지 않고 흐르는 물이고 되고 싶다.

가끔은 다른 사람을 비춰주는 맑은 호수의 물도 되었다가 어느 때는 더러움도 씻어 줄 수 있는 물도 되어보고 싶다. 그러다 둥둥 하늘로 올라 가여운 사람의 어깨를 토닥여 주는 빗물로도 내려보고 싶다. 흐를수록 깊음을 더해가는 푸른 물처럼 올 한 해 물처럼 살아보고 싶다.

흐르는 물처럼 살고 싶어

급한 여울이나 깊은 계곡이나
꿈을 안고 흘러가는 물처럼 살고 싶어

더러움도 닦고 닦아서
깨끗함으로 품어내는 물처럼 살고 싶어

이른 아침 풀잎에 대롱대롱 맺혀 있는
맑은 이슬로 살다가
더러는 둥둥 하늘로 떠 올라
가여운 사람의 어깨를 토닥이는
빗물도 되어보고 싶어

봄에는 늦잠꾸러기 꽃씨도 깨우고
진달래 피게 하는 물이었다가
시냇물 따라 흘러 흘러
흐를수록 맑음을 더해가는
푸른 강물처럼 살아 보고 싶어

'0'의 노래

　사람들은 숫자 '0'을 좋아하지 않는다. '0' 하면 돈부터 떠올려 손에 쥘 것이 아무것도 없어서 좋아하지 않는다고 말한다. 사람들은 아무것도 없는 것을 '0'이라고 하는데 돈이 없다고 모든 것이 없는 것은 아니다. 우리는 돈으로 살 수 없는 많은 것을 가지고 살고 있기 때문이다. 또 돈으로 사지 않아도 돈과 비교되지 않는 값진 것들을 우리는 누리고 있다. 파란 하늘과 바람, 들판에 피는 꽃과 내리는 비는 우주로부터 우리에게 허락된 값진 것들이다. 정말 값진 것들은 대가를 바라지 않는다.

　돈이라는 것은 있다가도 없고, 없다가도 있는 것이다. 숫자 '0'도 들여다보면 꽤 쓸모가 있다. 모든 숫자의 시작은 '0'에서 시작한다. '0'이 기준이 되어 주는 것이다. '0'은 엄연한 자리도 가지고 있다. 숫자가 비운 자리를 당당히 채워준다. 숫자 사이에 '0' 자리가 하나만 없어도 숫자의 의미는 달라진다. 또 숫자 뒤에 내가 많이 붙으면 붙을수록 사람들은 좋아한다. 특히 돈일 경우는 더 그렇다. 내가 많이 붙을수록 사람들은 행복하다고 한다. 행복의 기준이 되어 주기도 한다.

그리고 보면 '0'도 꽤 쓸모가 있다. 보이는 모습만으로 '0'을 떼어놓고 쓸모가 없다고 생각하지 말았으면 좋겠다. '0'은 변신도 한다. 아무리 많은 숫자도 '0'을 곱하면 제자리 '0'이 된다. 대단한 변신이고 능력이다. 또 아무리 많은 숫자도 '0'으로 나누면 원래의 숫자가 된다. 대단한 의미다.

그리고 보면 우리의 인생도 숫자 '0'과 너무도 닮았다. 언제 곱하는 인생이 될지, 나누는 인생이 될지 알지 못한다. 돈이 없다고 실망할 일도, 많이 가졌다고 우쭐댈 일도 아니다. 아무것도 없어야 채울 수 있다. 아무것도 없어 봐야 채우는 재미도 알게 된다.

불교에서는 우주의 모든 것을 '공'으로 본다. 아무것도 없이 '공'의 상태로 태어나서 갈 때도 아무것도 없이 돌아가 '공'의 상태가 되는 것이 우리의 삶이다. 또한 불교에서는 '공'이 마치 있는 것처럼 말하는 것은 '상'을 짓는 일이라고 경계한다. "공마저 공 하라."라고 말한다. 오늘 내 삶에 '0'이 좀 있으면 어떠냐. '0'을 좀 만났으면 어떠냐. '0'도 안고 뒹굴다 보면 분명 의미 있는 숫자가 되어 줄지 아는가?

베란다에 몇 송이 심은 나팔꽃이 꽃을 피우기 시작했다. 나팔꽃은 아무리 고아도 한나절밖에 피지 않는다. 잠시 꽃을 피우기 위해 무더운 여름도 참아가며 살아내는 나팔꽃을 보며 '공수래공수거' 인생의 참 의미를 되새겨 본다.

'0'의 노래

사람들은 '0' 너를 좋아하지 않는다
'0' 하면 손에 쥘 것이 없다고 말하지

'0' 너는 아주 매력 있다
모든 숫자는 '0'에서 시작한다.
네가 기준이 되어 주는 것이지

'0'은 엄연한 자리도 가지고 있다
숫자가 비운 자리를 당당히 채워주지
사람들은 네가 많이 붙을수록 좋아한다
행복의 기준이 되기도 하지

'0' 너는 변신도 잘한다
너를 곱하면 제자리 '0'이 된다
또 너로 나누면 원래의 숫자가 된다
대단한 변신이고 능력이지

'0' 너는 우리의 인생과도 닮았다
언제 곱하는 인생이 될지
나누는 인생이 될지 알지 못하잖아

아무것도 없어야 채울 수 있다
아무것도 없어 봐야 채우는

재미도 알게 된다
넌 너는 참 매력 있다

깨끗해짐의 미학

어제 모처럼 만에 함박눈이 펑펑 내렸다. 길가에 아이들은 제법 큰 눈덩이를 만들어 굴리고 있었다. 도시에서는 좀처럼 눈사람을 만들 기회가 없다. 그러다 보니 아이들은 눈을 하얗게 맞고도 즐거워서 웃음이 만발이다. 집도 나무도 길도 모두 하얀 세상이 되었다. 자신의 본질을 숨기고 하얗게 눈을 쓰고 숨바꼭질하는 것 같다. 세상이 이렇게 예뻐 보일 수가 없다.

노란 가로등에 하염없이 내리는 눈발은 어느 동화 속 나라로 모두를 데려가기에 충분했다. 줄지어 서 있는 자동차도 순한 양처럼 가만히 엎드려 있다. 나도 오랜만에 우산을 펴지 않고 모자만 뒤집어쓴 채 하얀 세상에 동참했다. 내 영혼도 몸도 하얗게 깨끗해지는 기분이었다. 넓은 세상을 한순간에 깨끗하게 덮어 버리는 자연의 힘, 대단하다. 하얀 눈으로 세상을 이렇게 깨끗하게 만드시는 분 누구일까?

우리는 살면서 깨끗해지려고 목욕도 하고 이도 닦는다. 또 더러워진 옷은 깨끗해지려고 세탁기에 넣고 돌린다. 몰라보게 깨끗해진 옷들을 쨍한 햇살에 보송보송하게 말려 다시 입는다. 이렇게 겉으로 보이는 곳은 씻고 빨래해서 입으면 깨끗해진다.

하지만 보이지 않는 마음의 청소는 어떻게 해야 순수하고 깨끗해질 수 있을까? 살다 보면 보지 않아야 할 것도 보게 되고 듣지 말아야 할 것도 듣게 된다. 다 내 맘 같지 않으니 서로 부딪칠 수밖에 없다. 그러다 보면 마음에 얼룩도 생길 것이다. 남을 미워하는 마음은 내가 더 괴로운 일이다. 미워하는 만큼 그 미움의 독이 나에게도 스며들어 나를 괴롭히니까. 남을 저주 하는 말은 말이 아니라 칼이다. 그 칼에 말을 듣는 사람도 상처받게 되고 칼과 같은 말을 품고 있는 사람도 베이게 된다. 이렇게 살아가면서 생긴 마음의 얼룩들은 어떻게 씻어 내야 깨끗해질까?

어느 100세가 넘은 할아버지께 장수비결이 무엇이냐고 물었다고 한다. 할아버지는 소년 같은 순수한 마음을 오래 간직하고 사는 거라고 대답했다고 한다. 어른이되 품위를 잃지 않는 품성과 아이의 순수함을 닮는 마음은 마음을 깨끗하게 할 수 있는 비법이라는 말이다. 문제는 말처럼 쉬운 일이 아니라는 것이다. 우리는 원래 미움도 있고 원망도 있고 분노도 있는 곳에서 태어났다. 이런 사람도 있고 저런 사람도 있는 곳에서 우리는 산다. 그런 사람마저 없는 청정한 지대에서 혼자 산다면 하루도 살 수 없을 것이다. 우리는 적당히 더럽기도 하고 적당히 원망과 분노가 섞인 곳에서 산다. 살면서 자신을 닦고 닦으면서 깨끗해지는 삶을 사는 것이 우리에게 주어진 숙제인지도 모른다.

　더러운 옷이 비누로 자신을 닦듯이 비누 또한 옷으로 자기의 몸을 닦으면서 소멸해 간다. 사람은 혼자서는 살아갈 수가 없다. 내가 깨끗해짐도 다른 사람과 부대끼면서 서로 닦아주는 일이라는 것을 오늘 새삼 깨닫는다.

깨끗해짐의 미학

더러운 옷은 혼자서 깨끗해질 수 없다
비누와 어울려야 깨끗해진다

비누가 비누로 남아 있다면 비누가 아니다
누군가를 닦아주면서 자신도 소모하는
일이 비누의 삶이다

사람도 혼자서는 살아갈 수 없다
내가 깨끗해짐도 다른 사람과
부대끼면서 서로 닦아주는 일이다

서로 부대끼면서
서로의 영혼이 맑아지는 일이다

오늘도 기꺼이 타인에게
나를 흔들어 헹군다

꼴찌에게 갈채를

며칠 전에 역 근처 고가 밑에 전동스쿠터 한 대가 주인 없이 돌아다니고 있었다. 잠금장치가 풀려 있어서 주인이 잃어버렸나? 생각하면서 그냥 지나쳐 왔다. 다음 날 출근하려고 집 근처 지하도를 건너는데 어제 본 그 스쿠터가 지하도 안에 엄마 잃은 아이처럼 세워져 있었다. 금액도 상당히 나가 보이는 스쿠터인데 누가 장난삼아 타다가 지하도에 버리고 간 모양이었다. 주인이 분명히 찾고 있을 것 같은데 나도 아침에 바빠서 그냥 지나쳐 왔다.

며칠이 지나고 아침에 지하도를 건너려 입구에 들어서니 이번에는 지하도 입구에 그 스쿠터가 세워져 있다. 주인을 찾지 못하고 이 사람 저 사람이 타다 그냥 두고 간 모양이다. '주인을 찾아 주세요!'라고 하는 것 같았다. 처음에 볼 때보다 몰골이 말이 아니다. 고단함이 덕지덕지 붙어 있다. 주인을 찾게 신고해야 할까? 생각하다 바쁜 아침 시간이라 또 그냥 왔다.

나는 빠름에 대한 콤플렉스가 있다. 시골에 살던 어린 시절, 딱 이맘때면 가을 운동회가 열렸었다. 시골의 운동회는 마을의 잔치 날이다. 가을걷이도 거의 끝나고 온 동네 사람들이 모두 참석하여 음식도 나눠 먹고 친목을 다지는 그런 날이다. 운동회의 꽃은 뭐니 뭐니 해도 달리기다. 그 신나는 달리기에서 나는 한 번도 1등은커녕 꼴찌를 면해본 적이 없다. 아무리 힘껏 달려도 아이들은 다 내 앞에서 바람처럼 쌩쌩 달려갔다. 그래서 즐거워야 하는 운동회가 달리기가 싫어서 울적할 때가 있었다. 왜, 그렇게 운동신경이 둔한지 물 찬 제비처럼 달리는 친구가 무척 부러웠다. 그렇게 초등학교에서는 꼴찌를 면한 적이 한 번도 없이 중학생이 되었다.

중학생이 되자, 일 년에 한 번씩 체력검사를 했다. 너무 다행인 것이 그 종목에는 단거리 달리기는 없었다. 다만 오래달리기가 있어서 운동장을 지금 생각하기에 일곱, 여덟 바퀴 돌았던 것 같다. 오래달리기는 힘들고 금방 지쳐서 모두가 걱정하고 기피 하는 종목이었다. 그래서 체육 선생님은 체육 시간에 미리 오래달리기를 연습시켰다. 그런데 이게 웬일인가? 달리기만 하면 맨날 꼴찌였던 내가 반 아이들을 제치고 1등으로 들어왔다. 단거리에서 꼴찌가 오래달리기에서는 1등이다. 갑자기 달리기에 대한 자신감이 들면서 묵은 체증이 확! 내려가는 것 같았다. 이게 무슨 일인지 아이들도 나를 무척 부러워했다. 다음 연습 시간에도 나는 또 1등으로 들어오게 되었다. 체육 선생님은 나를 칭찬하며 정식으로 오래달리기 측정하는 날 도와 달라고 했다. 살다 보니 달리기로 선생님을 돕다니 마음이 흐뭇했다.

몇 번의 연습이 끝나고 정식으로 오래달리기 기록측정이 있는 날이었다. 체육 선생님은 나를 아이들 맨 뒤에 세웠다. 잘 뛰니까 뒤에서 내 뒤로 쳐지는 아이가 없도록 아이들을 격려하며 뛰라고 했다. 체육 선생님의 목적은 1등 한번 해 보려는 나의 목적과는 달라도 너무 달랐다. 선생님의 생각은 우리 반 아이들이 낙오자 없이 모두 뛰는 것이었고, 나는 그냥 맨 뒤에서 아이들을 몰아가는 도우미였다. 요번에는 달리기에서 1등한번 해 보나 했는데 영 틀린 모양이었다. 맨 뒤에서 아이들을 격려하며 뛰었다. 내가 생각해도 참 신기했다. 단거리는 그렇게 안 되는 내가 오래달리기는 정말 끝까지 뛰어도 끄떡없었다. 내가 운동신경이 덜 발달 된것이 아니라 오래달리기 종목이 내 신체에 딱 맞았던가 보다.

측정이 있던 날, 정말 힘들어하며 자꾸 뒤처지는 미숙이를 먼저 들여보내고 나는 맨 꼴찌로 오래달리기에 마침표를 찍었다. 그런데 먼저 들어온 아이들은 무슨 올림픽 종목에 결승전을 보는 것처럼 운동장 가에쭉 늘어서 있었다. 그리곤 마지막으로 들어오는 미숙이와 나를 응원했다. 미숙이의 등을 마지막으로 밀어주며 들어오는 나에게 아이들은 함성과 함께 박수갈채를 보냈다. '아! 꼴찌에게도 이렇게 갈채가 오는구나! 꼭 1등에게만 박수가 가는 것은 아니었구나!' 그날의 갈채는 내가 살아가는동안 받아본 제일 감동적인 박수가 되었다.

우리 인생도 마찬가지인 것 같다. 인생을 사는데 1등이 어디 있고 꼴찌가 어디 있단 말인가. 꼭 1등에게만 박수를 보낼 필요는 없을 것 같다. 우리 주위에 1등처럼 보이지만 꼴찌의 삶은 사는 사람들도 있고, 꼴찌인 것 같지만 1등처럼 사는 마음 따뜻한 사람들도 있다. 인생을 누가 1등이고 누가 꼴찌라고 판단할 수 있단 말인가. 인생은 사는 날까지 살아봐야 안다. 내가 나로서 만족하고 나를 잃지 않고 살면 1등 인생 아닐까?

오늘은 가다가 지하도 근처에 스쿠터가 있으면 주인을 찾도록 신고하려고 마음먹고 있었다. 퇴근하면서 역 근처 고가도 밑에 왔을 때, 아침에 본 그 스쿠터를 신나게 타고 가는 젊은 청년을 만났다. 내 옆을 바람처럼 지나가는데 사람도 스쿠터도 신바람이 나 보인다. 웃음이 얼굴 가득하다. "저기요. 그 스쿠터…." 너무 반가워서 지나가는 젊은이를 불러 세울 뻔했다. 남의 사는 모습에 관심이 많은 이 오지랖. 벌써 스쿠터와 청년의 모습은 길 저 모퉁이에 사라지고 있었다. 어떻게 되었던 스쿠터가 주인을 찾아서 내 마음도 가벼웠다. 고가도로 위로 고단한 햇살이 뉘엿뉘엿 지고 있었다.

꼴찌에게 갈채를

인생을 살다 보면
꼴찌일 때도 있지

꼴찌가 1등 되고
1등이 꼴찌 되는 세상
무엇 하러 아등바등 살아갈까

살다 보면 또 아는가?
꼴찌에게도 갈채가 오는
날이 있을지

꼴찌가 1등 되고
1등이 꼴찌 되는 세상
인생에 등수가 무슨 의미인가?
나를 잃지 않고 살면 1등 인생이지